LE SAC DE BÉZIERS

DRAME

EN PROSE, EN CINQ ACTES ET HUIT TABLEAUX

264. — LAGNY. Imprimerie de A. VARIGAULT.

LE
SAC DE BÉZIERS

DRAME EN PROSE

EN CINQ ACTES ET HUIT TABLEAUX

PAR

PAUL LACOMBE

PARIS

LIBRAIRIE CENTRALE

24, boulevard des Italiens, 24

—

1864

PERSONNAGES

JEAN, consul de Béziers.
PIERRE, consul de Béziers.
BERNARD, fils de Jean.
MONSEIGNEUR L'ÉVÊQUE DE BÉZIERS.
RAYMOND, chevalier.
SIMON DE MONTFORT, chef de la croisade.
TRENCAVEL, vicomte de Béziers.
ÉLÉONORE, fille de Pierre.
BOURGEOIS, BOURGEOISES.
HOMMES ET FEMMES DU PEUPLE.
CAPITAINES ET SOLDATS.

LE SAC DE BÉZIERS

ACTE PREMIER

Le théâtre représente un carrefour dans l'intérieur de la ville et auprès des remparts ; au fond, une porte de ces remparts. Style roman.

SCÈNE PREMIÈRE.

(Jean et Pierre, en costume de consuls, au milieu de la scène. Des habitants de Béziers dans le fond, des deux côtés. Le devant du théâtre est libre. Groupe de bourgeois à gauche.)

PIERRE, à Jean.

L'évêque se fait attendre ; serait-il sorti par une autre porte ?

JEAN.

Non, j'y ai mis ordre.

PIERRE.

Espérez-vous fléchir l'obstination de ce prêtre ?

JEAN.

Nous devons au moins l'essayer.

PIERRE.

Il eût été plus prudent, peut-être, que je ne m'offrisse pas à ses regards, moi qui suis hérétique.

JEAN.

Vous êtes ici à votre place comme consul de Béziers. (Ils remontent vers le fond en se promenant.)

PREMIER BOURGEOIS.

Voyons, Mathieu, réponds à une question : parce que le
légat du pape, Pierre de Castelnau, a été assassiné à trente
lieues d'ici par un misérable, est-ce une raison, je te le
demande, pour que notre saint père le pape soulève toute
la chrétienté et nous la jette sur le dos, à nous autres bourgeois de Béziers, qui n'en pouvons mais? Est-ce une raison
pour qu'on prêche la croisade contre nous, comme si nous
étions des Sarrazins?

DEUXIÈME BOURGEOIS.

Bon ! Il est certain que ce n'est pas nous qui avons tué le
légat ; aussi, n'est-ce qu'un prétexte. La véritable raison de
la guerre qu'on nous fait, c'est que nous avons des hérétiques parmi nous ; n'est-ce pas vrai, que nous avons ici des
hérétiques? Voilà, par exemple, le consul Pierre qui l'est.
Que répondras-tu à cela?

PREMIER BOURGEOIS.

Eh bien, le consul Pierre est-il un malhonnête homme?

DEUXIÈME BOURGEOIS.

Je n'ai pas dit ça, tant s'en faut ; c'est le meilleur homme
que je connaisse.

TROISIÈME BOURGEOIS.

Messieurs, avouons une chose entre nous, c'est que les
hérétiques nous valent bien, nous autres catholiques.

DEUXIÈME BOURGEOIS.

Oh ! j'en conviens. Vous voyez, je ne suis pas de mauvaise
foi. Mais enfin ils ne croient pas en notre sainte religion.

PREMIER BOURGEOIS.

Hé bien ! qu'on les convertisse.

DEUXIÈME BOURGEOIS.

Voilà dix ans que des moines blancs et noirs, des moines
de toutes les couleurs, l'essaient inutilement, vous le savez
bien.

QUATRIÈME BOURGEOIS.

Ce n'est, pourtant, pas bien difficile : si j'étais pape, moi,
en un an, je voudrais avoir converti tout le monde.

DEUXIÈME BOURGEOIS.

Vous êtes si habile, vous !

QUATRIÈME BOURGEOIS.

Savez-vous ce que je ferais ?

PREMIER BOURGEOIS.

Voyons, dites.

QUATRIÈME BOURGEOIS.

Je réformerais le clergé, tout simplement. Ce sont les mauvais prêtres qui font les mauvais croyants. Voilà mon opinion.

TROISIÈME BOURGEOIS.

C'est vrai, il a raison.

PREMIER BOURGEOIS.

Il est une chose certaine : c'est que la croisade nous menace également tous, catholiques comme hérétiques. Est-ce juste ? Voyez notre seigneur Trencavel ; il est bon chrétien, personne n'en doute. Eh bien ! pour commencer, on médite de le déposséder de ses domaines, pourquoi ? parce qu'il ne veut pas consentir à exterminer les hérétiques de ses États. Je les ferai prêcher, a-t-il répondu, tant que vous voudrez, mais pour les tuer, jamais. Que peut-on demander de plus ? faut-il massacrer les gens pour les convaincre.

TOUS.

C'est vrai, c'est incontestable.

TROISIÈME BOURGEOIS.

Croyez-vous, messieurs, que nous soyons sérieusement menacés ?

PREMIER BOURGEOIS.

Non.

QUATRIÈME BOURGEOIS.

Oh ! les croisés sont encore bien loin d'ici.

DEUXIÈME BOURGEOIS.

Ils n'arriveront jamais jusqu'à nous. Notre seigneur Trencavel saura bien les en empêcher.

PREMIER BOURGEOIS.

Une seule chose m'inquiète ; c'est la mine du consul Jean.

Quand ce brave homme fronce les sourcils et baisse la tête,
c'est qu'il n'y a rien de bon dans l'air, pour la ville.

TROISIÈME BOURGEOIS.

C'est vrai.

QUATRIÈME BOURGEOIS.

Le consul Pierre, tout hérétique qu'il est, n'est pas moins
dévoué à nos intérêts. Mais il n'y a pas moyen de lire sur sa
mine s'il craint ou s'il espère. Il a toujours cet air triste et
inquiet.

TROISIÈME BOURGEOIS.

Notre évêque ne vient pas. Au fait, dites-moi, pourquoi
voulons-nous l'empêcher de sortir de la ville? Quand il re-
joindrait la croisade et qu'il y aurait un prêtre de plus parmi
nos ennemis, cela serait-il bien grave?

DEUXIÈME BOURGEOIS.

Non sans doute. Mais enfin, messieurs, notre évêque va à
la rencontre des croisés, pour quoi faire? pour les exciter
contre nous. Nous ne voulons pas l'en empêcher par la force,
parce que nous ne sommes pas des gens violents; mais
nous désirons l'en dissuader, parce que ça peut faire du
tort à la religion dans l'esprit du peuple, que les hérétiques
travaillent déjà.

PREMIER BOURGEOIS.

Vous avez bien dit. C'est cela même.

(Voix du peuple : l'évêque! l'évêque! Il entre par la droite, sur une
mule richement caparaçonnée.)

SCÈNE II.

LES PRÉCÉDENTS, L'ÉVÊQUE.

(En voyant les consuls, il s'arrête. Jean fait quelques pas et lui barre le
chemin.)

JEAN.

Où allez-vous, monseigneur?

L'ÉVÊQUE.

Vous le savez bien.

JEAN.

Je vous interroge sans insolence, monseigneur, répondez-moi sans colère.

L'ÉVÊQUE.

Je vais rejoindre l'armée des serviteurs de Dieu.

JEAN.

Vous allez rejoindre l'armée des croisés, qui viennent piller nos biens et nous massacrer, sous prétexte de religion. Vous êtes pourtant le pasteur de cette terre !

L'ÉVÊQUE.

Depuis longtemps je n'ai plus de troupeau. De ceux qui m'avaient été confiés, les uns ont renié Dieu pour rendre leur culte au démon; les autres, aussi coupables, disent comme Ponce-Pilate : Qu'y puis-je faire ?

JEAN.

En effet, monseigneur, qu'y pouvons-nous?

L'ÉVÊQUE.

Dieu dit aux lévites : Que chacun tue son frère, son ami et celui qui lui est le plus proche (Murmures).

JEAN.

Monseigneur, je ne suis pas un théologien, je vous parlerai en homme. Avons-nous commis quelque offense contre vous?

L'ÉVÊQUE.

Je l'ignore; le serviteur de Dieu ne sent que les injures faites à son maître. Si vous pensez autrement de moi, vous avez tort.

JEAN.

Monseigneur, vous êtes né, vous avez grandi parmi nous. Ne vous en souvenez-vous pas? Avez-vous oublié que Béziers est votre patrie ?

L'ÉVÊQUE.

Je n'ai d'autre patrie que l'Église.

JEAN.

Ainsi vous irez au-devant des croisés. Vous leur direz que nos remparts sont faibles, mal munis encore, qu'en se hâtant ils peuvent espérer une victoire facile. Vous les presserez, vous leur montrerez le chemin. Monseigneur, nos représentations sont restées inutiles jusqu'ici. Une dernière fois, je vous en supplie, considérez bien ce que vous allez faire; regardez en face cette victoire que vous préparez. Béziers ruiné, détruit; ces hommes égorgés sur les remparts; ces femmes et ces enfants massacrés dans les rues; voilà ce que vos vœux appellent et ce que votre départ commence d'accomplir. Monseigneur, au premier pas que vous allez faire dehors, vous nous tuez autant qu'il est en vous. (Murmures et cris.)

L'ÉVÊQUE.

Vous pouvez m'en empêcher.

VOIX DU PEUPLE.

Oui, oui, retenez-le!... Qu'on le saisisse! qu'on l'emprisonne!

UNE VOIX.

Qu'on le tue!

L'ÉVÊQUE, levant les yeux au ciel.

Mon Dieu! si votre serviteur doit mourir...

JEAN, avec vivacité.

N'invoquez pas l'aide de Dieu, monseigneur, c'est inutile. Nous tous qui sommes ici, nous sommes menacés de mort; vous seul, je le jure, vous seul ne risquez rien. Vous êtes défendu par la générosité du peuple.

VOIX DU PEUPLE.

Oui... oui... c'est vrai!... (Applaudissements.)

L'ÉVÊQUE, après un silence.

Et qui vous dit que je ne veux pas faire la paix entre les croisés et vous!

JEAN.

A quelle condition, monseigneur?

L'ÉVÊQUE.

D'abandonner les hérétiques à la justice de l'Église.

JEAN, s'effaçant,

Passez, monseigneur.

VOIX DU PEUPLE.

Non... non... Si... si...

UNE VOIX.

Bon voyage, monseigneur... (On rit, la foule s'ouvre et laisse passer l'évêque.)

SCÈNE III.

LES PRÉCÉDENTS, moins L'ÉVÊQUE.

JEAN, au peuple.

Mes amis, il s'agit de réparer nos anciennes murailles et d'en élever de nouvelles, au besoin. Voici l'ordre de vos consuls : Que tous les métiers cessent de battre; que les travaux privés soient suspendus, et que les habitants se rendent aux remparts. Le capitaine de la ville fera distribuer les outils nécessaires; il assignera à chacun son poste et sa tâche. Votre salut dépend de votre activité. Allez.

UN HOMME DU PEUPLE.

Monsieur, l'ordre est-il donné aussi pour les femmes ?

JEAN.

Pourquoi pas?

PLUSIEURS VOIX.

Oui... oui... il nous faut les femmes !

UN AUTRE HOMME DU PEUPLE.

Ordonnez que les ménétriers et les joueurs d'instruments y viennent.

JEAN.

Ils y viendront, comme tout le monde.

PLUSIEURS VOIX.

Non... non... avec leurs instruments. — Et qu'ils jouent pendant que nous travaillerons. — On ne fait rien de bien, si l'on ne rit. — Triste maçon, triste muraille.

JEAN.

Soit, mes amis, c'est ordonné.

UNE VOIX.

Est-ce que la fête annoncée pour demain n'aura pas lieu?

JEAN.

Et pourquoi pas? Vous l'avez dit : la joie entretient le courage.

VOIX DU PEUPLE.

Vive nos joyeux consuls! (Le peuple sort.)

SCÈNE IV.

JEAN, PIERRE.

PIERRE.

Croyez-vous que nous pourrons résister?

JEAN.

Non, certes, s'ils arrivent ce soir ou demain. Mais ils viendront tard, s'ils viennent.

PIERRE.

Vous pensez donc que notre vaillant seigneur Trencavel les maintiendra loin de nous?

JEAN.

Non, l'armée des croisées est énorme; mais c'est là-dessus qu'il faut compter. La famine, les maladies, les dissensions suivent toujours les armées trop nombreuses ; puis ces gens-là viennent pour gagner les indulgences que le pape leur a promises, à condition de servir quarante jours contre nous. Ce délai va expirer sans qu'ils aient rien fait, et déjà ils ne songent plus qu'à retourner chez eux. Vous verrez cette formidable armée se dissiper comme un orage du printemps. Vous ne le croyez pas?

PIERRE.

Vos raisonnements me semblent justes, et cependant je crains...

JEAN.

On sait pour qui; la tendresse d'un père s'alarme aisément.

PIERRE.

Mais pourtant si nous étions attaqués? si Béziers était menacé de sa ruine, à cause de moi et de quelques autres hé-

rétiques, tels que moi, que feriez-vous, vous autres catholiques?

PIERRE.

Vous le savez bien.

PIERRE.

Quoi! vous nous défendriez au péril de votre vie?

JEAN.

Sans doute!

PIERRE.

Au péril de votre âme?

JEAN.

Oh! pour cela, je n'en crois rien.

PIERRE.

Contre vos frères?

JEAN, avec vivacité.

Nos frères, ces étrangers orgueilleux? Mon frère, pour
moi, c'est toi. Laisse-moi te tutoyer comme avant notre malheureux désaccord. Pierre, nos pères étaient amis; nous le
devînmes en naissant, cela se peut dire. Quel est le premier
camarade avec qui j'ai joué? toi. Et aujourd'hui que j'ai
cinquante ans, quel est mon dernier, mon meilleur ami?
toi encore. Que de plaisirs, que de peines partagés, que de
services échangés durant ces cinquante ans! N'est-ce pas à
toi que j'annonçai d'abord cette grande nouvelle : un fils
m'est né? Qui est-ce qui a veillé la dernière nuit au chevet
de ta pauvre femme mourante? moi. Et quand je perdis la
mienne, peu après, tu étais là, à ton tour. Tu m'aurais
consolé si j'avais pu l'être. Il n'est pas un événement de ma
vie, où tu n'aies ta part, pas un, dont je puisse me souve-
nir sans me rappeler aussitôt ton amitié constante! Il faut
que je t'aime, si je m'aime, et un barbare avanturier, venu
de je ne sais où, sous prétexte de religion, prétendrait t'é-
gorger à mes yeux, et n'avoir pas affaire à moi? Oh!
non, non!

PIERRE, lui prenant les mains.

Oh! merci, merci, mon ami, non pour moi, mais pour
ma fille. Tu es catholique et, quoi qu'il arrive, tu seras
épargné. Ma fille trouvera en toi un protecteur.

JEAN, avec tristesse.

Je suis vieux et mon fils jeune; il serait pour elle un protecteur plus sûr.

PIERRE, d'un accent de reproche.

Tu m'avais promis de n'en plus parler.

JEAN.

Et le puis-je? Ces enfants ont été élevés ensemble; nous les destinions l'un à l'autre: ils le savaient; toi-même le leur appris, et que trouvas-tu ce jour-là? Qu'ils nous avaient prévenus, qu'ils s'aimaient déjà. Tu leur as depuis défendu tout entretien. Ils t'obéissent comme ils peuvent; ils ne se parlent plus. Mais nous sommes voisins, ils se voient à toute heure, et ils prennent à se regarder de loin un plaisir funeste. Mon fils dépérit; il a perdu d'abord le goût du plaisir, ensuite celui du travail. C'est pour moi une tristesse inexprimable de le voir, jeune et bien doué comme il est, à charge à lui-même, inutile aux autres. Il ne peut cesser d'aimer : tu diras qu'il manque de force, soit ! Pierre aie pitié de mon fils.

PIERRE.

-Jean, crois-tu que je me conduise ainsi sans raison ?

JEAN.

Je t'avais toujours connu juste et sensé.

PIERRE.

Ce n'est pas moi qui défends ce mariage, c'est Dieu même. Tu sauras....

JEAN.

Voici des travailleurs qui se dirigent de ce côté. Viens dans ma maison, viens.

PIERRE.

Mais je vois.....

JEAN.

Quoi ? Qu'y a-t-il ?

PIERRE.

Ton fils et ma fille sont parmi eux.

JEAN, l'entraînant.

Et qu'importe ! ils ne s'aimeront pas plus.

SCÈNE V.

RAYMOND, BERNARD, ÉLÉONORE, DEUX FEMMES
DU PEUPLE.

Tous portent quelque instrument de travail, ce qui constraste avec l'élé-
gance de leurs vêtements : au fond, mouvement de travailleurs. La nuit
tombe. On voit courir de toutes parts des flambeaux, on entend le son
de divers instruments de musique.

PREMIÈRE FEMME, à Raymond.

Quoi! vous n'avez pas toujours été ainsi ?

RAYMOND.

Non, il fut un temps ou je n'estimais que les exercices
du corps, la guerre et la chasse. J'étais fier de mon petit
castel, de ma force et de mon adresse. Je vivais avec quelques compagnons aussi brutaux que moi, nous chassions
tout le jour, et nous nous enivrions le soir; je méprisais
tout le reste. Je m'ennuyais, mais fièrement. Je vins ici par
hasard, dans l'intention d'y rester un jour, et j'y restai dix
ans. Inutile de vous dire comment je perdis mon orgueil de
barbare. Vous pensez bien qu'il y a une femme dans cette
histoire. Et maintenant je suis fou de vers, j'en fais et je
me persuade que j'enseigne aux autres à en faire,
puisque je vous présente mon ami Bernard comme mon
élève. Vous verrez que je ne m'en battrai pas moins bien.
Nous ferons demain pour la dernière fois notre métier de
poëte, n'est-ce pas Bernard ?

BERNARD.

Parlez pour vous, mon ami.

RAYMOND.

Mesdames, mon ami refuse de prendre part au combat
poétique, qui doit avoir lieu demain, et cela parce qu'il
souffre; parce qu'il a un violent chagrin. Et quand donc
ferez-vous de beaux vers, si ce n'est à présent? Allez, vous
êtes trop heureux d'être malheureux.

PREMIÈRE FEMME.

Vraiment, vous lui enviez ses peines?

RAYMOND.

Sans doute, je l'envie ; moi je suis trop robuste de corps et d'âme. J'ai l'épiderme épais; je ne sens rien. Mais lui, l'homme fortuné, sur sa peau fine, il sent le toucher de l'ombre. Mesdames, n'écoutez pas ces gens faibles, languissants, ne les plaignez pas surtout : avec leur air mélancolique, ce sont eux qui mènent le monde.

DEUXIÈME FEMME.

Monsieur ne s'est pas encore fait connaître.

RAYMOND.

Vous le connaîtrez demain, je l'espère, vous ferez la différence entre lui et moi.

BERNARD.

En tous cas vous l'emportez en générosité, mon ami, et le reste n'est rien.

PREMIÈRE FEMME.

Mais quel est donc le chagrin de M. Bernard ?

RAYMOND.

Et quel chagrin peut-il avoir à son âge, si ce n'est une peine d'amour?

PREMIÈRE FEMME.

Dites, Bernard, répondez sans fausse galanterie, elle est donc bien belle ?

BERNARD.

Les autres femmes ne me paraissent belles qu'autant qu'elles lui ressemblent.

DEUXIÈME FEMME.

Elle a l'esprit ingénieux sans doute, elle aime la poésie et le beau langage?

BERNARD.

Sans cela ferais-je des vers?

PREMIÈRE FEMME.

Mais elle est froide et cruelle, puisque vous souffrez ?

BERNARD, regardant Éléonore.

Sa bonté passe sa beauté. Il n'y a de cruel que le sort.

PREMIÈRE FEMME.

Il changera, croyez-moi, Bernard, prenez part à la lutte,
soyez éloquent demain. Si celle que vous aimez était ici,
elle ne vous donnerait pas un autre conseil.

RAYMOND, à Éléonore avec intention.

N'est-ce pas votre avis, Éléonore ?

ÉLÉONORE, avec émotion.

Oui, certes. Soyez sûr, Bernard, que votre tristesse lui
pèse comme un remords. (Bruit d'instruments.)

RAYMOND.

Ah ! voilà les camarades qui se mettent à danser, c'est
notre tour de travailler. Allons, allons. (Ils se dirigent tous vers
le fond du théâtre, à l'exception de Bernard et d'Éléonore, qui restent en
arrière.)

BERNARD, à demi-voix.

Éléonore, vous le voulez ?

ÉLÉONORE.

Oui, mon ami, je vous le commande.

BERNARD.

Hé bien ! cette nuit, à ta fenêtre, laisse-moi te voir un
moment. Il y a si longtemps que j'ai soif de tes paroles.
Que dis-tu ? Réponds-moi. Le voudras-tu ? Je t'en supplie.

ÉLÉONORE.

Oui. (A part.) Ce sera notre dernier entretien.

FIN DU PREMIER ACTE.

ACTE DEUXIÈME

Une place : Maisons à gauche parmi lesquelles la maison de Pierre, fenêtres basses et grillées, Léonore derrière une de ces fenêtres, un banc de pierre sur lequel est monté Bernard. — Il fait nuit.

SCÈNE PREMIÈRE.

ÉLÉONORE, BERNARD.

ÉLÉONORE.

La volonté de mon père est immuable. Jamais je ne serai ta femme, mon pauvre Bernard, renonce à moi.

BERNARD.

Grand Dieu ! que dis-tu ?

ÉLÉONORE.

Rien que de très-sensé. Tu languis, la tristesse te consume, tu fuis tes compagnons, tu vis seul, et ce qui me donne des remords, tu négliges ton art. Ton père avait mis en toi tant d'espérances ! ta Liénor plus encore peut-être, et il se trouve que c'est elle qui fait obstacle. Quitte-moi. Ce triste amour n'a déjà que trop duré. Ton père, tes amis m'accusent avec justice.

BERNARD.

Non, je te jure.

ÉLÉONORE.

Je ne dis pas devant toi, mais en secret.

BERNARD.

Liénor, écoute-moi.

ÉLÉONORE.

Écoute plutôt. Pourquoi aime-t-on les gens ? Pour les rendre heureux. Mais lorsqu'on leur nuit en les aimant, il n'y a plus de raison.

BERNARD.

Liénor !

ÉLÉONORE.

Laisse-moi parler. Crois-tu que je n'aie pas des yeux ? J'ai vu ton père se promener avec toi ; souvent, il te regarde à la dérobée, et en te regardant, il devient sombre, parce que tu as l'air malheureux, parce que tes joues ont pâli, parce que les yeux se sont éteints. Ah ! si mon amour te rendait plus entreprenant, plus actif, plus joyeux, alors il serait naturel, il serait permis ; mais il te nuit, il t'est funeste, je dois cesser de t'aimer. Ce serait de l'égoïsme, à la fin. Va, quitte-moi. Tu es bon, tu es doux, tu sais aimer, tout est sérieux pour toi. Il te faut une femme qui t'aime comme j'aurais pu le faire ; mais qui, au contraire de moi, soit forte, calme, patiente, une femme qui te fasse une existence bien ordonnée sans inquiétudes, sans alarmes. Voilà la bru que ton père demande. Il se fait vieux, et il craint de mourir avant d'avoir vu ses petits-fils. Rappelons notre raison, mon pauvre Bernard, et disons-nous adieu. Nous avons encore quelques heures pour laisser parler notre cœur. Maintenant, parle, je t'écoute. (Silence.) Bernard, réponds-moi! Tu te tais, Bernard ; qu'as-tu ? Ah ! parle-moi, je t'en prie. Je ne vois pas ton visage. Ta main, donne ! Elle brûle. Dis, parle-moi donc. Tu souffres ?

BERNARD.

Ah ! tu ne m'aimes pas.

ÉLÉONORE.

Moi ?

BERNARD.

Je sens trop vivement, dis-tu, et c'est pour cela que tu veux m'arracher le cœur. Je suis triste, parce que j'ai passé quelques jours sans te voir, et toi tu me dis : ne nous revoyons jamais, cela te rendra plus joyeux. Ah ! si tu m'avais aimé, tu n'aurais pas prononcé ces mots ; tu ne l'aurais pas pu. Je ne dis pas que tu m'aies haï, non, je ne le crois pas, mais... Liénor, Liénor, tu pleures. Tes yeux, que je touche tes yeux.. (Il passe sa main sur le visage de Léonore.) Dieu! elle pleure.

ÉLÉONORE.

Je ne t'ai jamais aimé! je ne t'aime pas, toi, mon éternel
souci. Quand il est là, je ne vois que lui ; et dès qu'il me
quitte, je l'attends. Je n'ai pas une idée qui ne soit pour
lui; hélas! Je t'ai dit : quitte-moi, séparons-nous; j'ai pu le
dire, je sentais que c'était impossible. Et cependant chacun
de ces mots me perçait le cœur. J'ai voulu être raisonnable,
et je ne le suis pas, et je suis folle. Ecoute plutôt; je voyais
que je te torturais et ta douleur me faisait mal, et en même
temps je me sentais heureuse au fond, oh ! bien heureuse,
me voyant aimée à ce point; et si tu n'avais pas souffert, si
tu n'avais pas été bien malheureux, tiens, Bernard, je crois
que j'en serais morte. Voilà ma folie.

BERNARD.

Ah! il y a plus de joie dans ces chagrins que dans tous
les plaisirs de ce monde. A toi, ma Liénor, à toi pour toujours, que ton père le veuille, ou non.

ÉLÉONORE.

Hélas! je te le répète, sa volonté est immuable. Il faut te
dire tout.

BERNARD.

Parle, je t'en supplie, ne me cache rien.

ÉLÉONORE.

Te rappelles-tu ma maladie ?

BERNARD.

Oui, nous commencions de nous aimer, tu avais seize ans.

ÉLÉONORE.

Te souviens-tu d'un soir, j'étais au plus mal, on désespé-
rait de ma vie.

BERNARD.

Je m'en souviens comme d'hier. Je vois encore ton père
à ton chevet, mon père et moi debout au pied de ton lit. Tu
avais perdu la force de parler, mais tu nous regardais pleu-
rer silencieusement et il y avait dans tes yeux un effroi terrible.

ÉLÉONORE.

C'est que j'avais toute ma raison, et que je voyais clairement que j'allais mourir. J'étais jeune, je t'aimais, je n'étais pas résignée, va !

BERNARD.

Et le lendemain matin, contre toute prévision, tu étais hors de danger.

ÉLÉONORE.

On t'avait éloigné, ainsi que ton père, dans la nuit, et quand tu me revis vivante, le lendemain matin, quand je te saluai d'une voix affaiblie, tu te laissas tomber sur le sol, et tu pleuras de bonheur. Tu ne te doutais pas que j'étais perdue pour toi.

BERNARD.

Comment perdue ?...

ÉLÉONORE.

Ecoute. Mon père avait employé inutilement les soins des médecins, les recettes des sorciers et les cérémonies de votre religion. Il eut recours au dieu que j'adore à présent. Il appela auprès de moi un prêtre, de ceux que vous nommez hérétiques, un parfait, comme nous les nommons, le vieux Thomas Alaman, qui demeure dans le faubourg. Il vint, il m'imposa les mains par trois fois sur le front. Il appela sur moi l'esprit saint. Il me donna enfin la consolation : c'est ainsi que nous appelons cette cérémonie. Son dieu, le nôtre qu'il priait pour moi, me fit grâce. Il me redonna la vie, mais pour la consacrer à son service. Ceux qui ont été ainsi consolés, sache-le, sont voués désormais à la vie de perfection ; il doivent être comme des purs esprits ; ils doivent mourir au monde, à ses intérêts, à ses passions, car le monde est l'œuvre de l'ange mauvais.

BERNARD.

Oui, je comprends, tu es engagée par des vœux, à peu près comme le sont nos religieuses ; tu es entrée dans les ordres, pour ainsi dire. Mais on se fait relever de toutes sortes de vœux dans ta religion comme dans la mienne, et l'on peut se sauver partout sans appartenir au clergé. Ton père n'est qu'un simple fidèle, il n'en aspire pas moins au

salut. Ne m'as-tu donc rien promis? Tu t'es fait aimer,
n'est-ce pas un vœu qui te lie à moi?

ÉLÉONORE.

Hélas! apprends donc la fin de ce secret redoutable. Ma
vie dépend de ma fidélité; nos parfaits l'enseignent, et des
exemples effrayants l'enseignent mieux encore. Va, on a vu
des consolés qui manquaient à leurs vœux; sais-tu ce qu'ils
sont devenus? Bernard, mon pauvre Bernard, ils n'ont pas
vécu longtemps.

BERNARD.

Ton Dieu est-il donc plus sévère que le mien? Un amour
légitime ne peut-il trouver grâce devant ses yeux?

ÉLÉONORE.

Il n'y a pas d'amour légitime; il n'y a rien d'innocent
ici-bas, Bernard.

BERNARD.

Éléonore, peux-tu le croire?...

ÉLÉONORE.

Oui, mon ami, toutes les affections de ce monde sont
coupables, parce qu'elles nous attachent à cette terre que
l'ange du mal a créée et qu'il gouverne méchamment.

BERNARD.

Ne vois-tu donc sur cette terre aucun signe de la bonté
de Dieu?

ÉLÉONORE.

Ouvre les yeux, mon ami, regarde autour de toi. Ce
monde est funeste; tout nous abuse et tout nous perd. Ce
qui nous sourit le mieux est ce qui nous nuit davantage.
Les rayons du soleil tuent comme des flèches; l'eau qui
coule doucement étouffe. Les fleurs, les fleurs si jolies em-
poisonnent. Je lève les yeux, les étoiles brillent, mais elles
peuvent tomber : elles tiennent la mort suspendue sur ma
tête. Ah! la mort, la mort inévitable! Est-ce qu'on mourrait
avec cette soif de vivre, si le monde n'était pas l'œuvre d'un
esprit barbare? Ah! j'ai peur.

BERNARD.

Quelle sombre croyance !

ÉLÉONORE.

Vois, Bernard, je t'aime cent fois plus que moi, tout ne
m'est rien au prix de ta présence, et tu conspires contre
mon salut, contre ma vie ; tu es mon pire, mon plus implacable ennemi. Ah ! nous sommes bien malheureux ;
(Bernard abandonne les mains d'Éléonore.)

BERNARD.

Quitte-moi, oh ! quitte-moi ! J'aime mieux ne te revoir
jamais que d'empoisonner ta vie d'un doute si cruel.

ÉLÉONORE.

Ah ! tu m'aimes généreusement !

BERNARD.

Adieu, adieu.

ÉLÉONORE.

Non, Bernard, je me suis fait aimer, tu l'as dit ; c'est un
vœu qui m'oblige envers toi.

BERNARD.

Non, non, oublie-moi ; vis.

ÉLÉONORE.

Bernard, Bernard, si tu m'abandonnes, je mourrai encore
plus sûrement.

BERNARD, lui reprenant les mains et les lui baisant.

Éléonore, crois en mon Dieu et espère en lui.

ÉLÉONORE.

Pars, fuis, mon père s'éveille. (Il part ; elle lui envoie un
baiser. — Durant cette scène le jour a commencé à paraître.)

SCÈNE II.

PIERRE, seul. Il sort de sa maison et s'arrête sur le seuil de la porte.

Je n'ai pu dormir ; l'idée du péril, quoique lointain, m'a
tenu éveillé. Il est singulier que je n'aie pas du tout pensé
à ma fille ; non, je ne songeais qu'à ce peuple que j'ai vu

hier se préparer au combat en chantant. Serait-il destiné à périr? Je crois que la mort est la délivrance du mal; je l'accepte pour moi, et je ne puis l'accepter pour les autres. Quelle contradiction! Quoi donc! j'ai pleuré sur la ville même, sur ces pierres inertes et sans vie. Qu'est-ce que cela? Je pensais ne tenir à la terre que par ma fille; je me trompais! mon Dieu, pardonnez-moi! j'aime encore mon pays.

SCÈNE III.

PIERRE, ÉLÉONORE, sortant de la maison.

ÉLÉONORE.

Où allez-vous si matin, mon père?

PIERRE.

Aux remparts. Les consuls doivent au peuple l'exemple de l'activité.

ÉLÉONORE.

J'ai à vous parler, mon père. Rappelez-vous mon enfance. J'ai été élevée avec Bernard comme avec un frère, (A demi-voix.) et ce n'était pas mon frère.

PIERRE.

Tu l'aimes, hélas? ne le sais-je pas? Ne sais-tu pas aussi que votre mariage est impossible? Pourquoi revenir sur ce sujet douloureux?

ÉLÉONORE.

J'ai vu Bernard ce matin. Je lui ai tout raconté.

PIERRE.

Ah! voilà qui est mal.

ÉLÉONORE, se mettant à genoux.

Mon père consentez à notre union.

PIERRE, la relevant.

Cruelle enfant, tu veux donc mourir?

ÉLÉONORE.

Il dépérit, mon père; le chagrin le tue. Ne voyez-vous pas comme il est pâle. Chaque fois que je le vois, je me dis:

C'est mon ouvrage. Si je le haïssais, lui ferais-je plus de mal! Il perd ses forces dans la tristesse, pourtant il est jeune et son génie lui promettait un brillant avenir.

PIERRE.

Et toi, ma fille, n'es-tu pas jeune aussi, n'es-tu pas belle? n'es-tu pas tendrement chérie? Je t'aime comme ton père et comme la mère que tu as perdue; à tes soins, à tes caresses, j'avais cru que tu m'aimais aussi doublement. Tu me rendais heureux ma fille; n'est-ce pas assez pour t'attacher à l'existence?

ÉLÉONORE.

Je crains de mourir, au contraire, et l'effroi me consume.

PIERRE.

Quel effroi?

ÉLÉONORE.

Ne suis-je pas, dans le cœur, infidèle à ce Dieu sévère à qui vous m'avez vouée? mon amour, que je ne puis vaincre, l'offense à toute heure. Je redoute sa juste colère; et vous-même, mon père, ne me regardez-vous pas sans cesse avec des yeux inquiets? Vous me faites sentir que ma vie ne tient à rien; ah! cette crainte continuelle est insupportable. Ne vaut-il pas mieux s'abandonner une fois? Peut-être y a-t-il au ciel plus de miséricorde que nous ne pensons. Mon père accordez-moi à Bernard; que lui du moins soit heureux ne fût-ce qu'une année, ne fût-ce qu'un jour!

PIERRE.

Et moi, moi que deviendrais-je? réponds.

ÉLÉONORE.

Hélas!

PIERRE.

Tu ne sais pas ce que c'est qu'un père! moi te perdre....

ÉLÉONORE, rentrant.

Vous me perdrez peut-être, malgré tout,

SCÈNE IV.

PIERRE, seul.

Malheureuse qu'a-t-elle dit ? Ah ! ce Bernard, je devrais le haïr... N'est-ce pas lui encore que je vois ? Il cherche, sans doute, l'occasion d'un second entretien. Il faut que cela finisse. Bernard ! (il fait quelques pas vers le fond du théâtre), il essaie de se dérober. Bernard ! Bernard !

SCÈNE V.

BERNARD, PIERRE.

BERNARD.
Que me voulez-vous, monsieur?

PIERRE, avec fermeté.
Écoutez, Bernard je gardais mon secret par une prudence que les événements justifient trop. Je prévoyais cette persécution qui commence, mais Léonore vous a tout dit : ainsi vous le savez ; vous donner ma fille serait la donner à la mort.

BERNARD.
Je ne le crois pas.

PIERRE, avec force.
Soit, mais moi je le crois. Comprenez donc que mon refus est irrévocable.

BERNARD, du même ton.
Je ne puis discuter votre volonté, sans blesser votre religion ; tout ce que je puis vous dire, c'est que mon amour est inébranlable. Ma vie est plus fragile, par bonheur. (Un moment de silence).

PIERRE, d'un ton persuasif.
Ayez pitié, mon ami, des souffrances d'un père. Léonore était là, tout à l'heure, à genoux devant moi, devant moi, son père.

BERNARD.

Et pourquoi à vos genoux, monsieur ?

PIERRE.

Elle me suppliait. « qu'il soit heureux, me disait-elle, une année, un jour, et que je meure. »

BERNARD, avec vivacité.

Non, qu'elle vive, et que je sois malheureux éternellement.

PIERRE, lui prenant les mains.

Oh ! mon ami, suivez votre naturel généreux. Écoutez votre cœur; si vous ne croyez pas à la colère de notre Dieu, vous savez du moins que les craintes de ma fille sont véritables, elle pense épouser la mort en vous épousant. N'y a-t-il pas là un danger sérieux?

BERNARD.

Oui, monsieur, je l'avoue.

PIERRE.

Elle vivrait entre vos bras comme une mourante, voilà le bonheur qu'elle vous offre, voulez-vous l'accepter?

BERNARD.

Que faire, mon Dieu! que faire?

PIERRE.

Vous éloigner.

BERNARD.

Quand Béziers est menacé!

PIERRE.

C'est vrai; mais promettez-moi que plus tard, après le siége...

BERNARD.

Moi qui ne puis vivre un seul jour sans la voir! Ah! monsieur, la douleur d'un père est plus respectable, peut-être, à coup sûr elle n'est pas si poignante.

PIERRE.

Nous sommes tous deux malheureux; mon ami, vous que j'ai appelé autrefois mon fils, croyez au moins que je vous plains. Voilà votre père, votre compagnon, ils raffermiront, j'en suis sûr, votre résolution généreuse. (Il remonte au fond du théâtre et sort par la droite.)

SCÈNE VI.

JEAN, BERNARD, RAYMOND.

BERNARD.

Ah! mon père, je viens de recevoir le coup de grâce...
Un secret funeste, un préjugé terrible...

JEAN.

Je le sais.

BERNARD.

J'ai consenti à mon arrêt ; j'ai moi-même juré mon malheur.

JEAN, le prenant dans ses bras.

Mon fils, sois un homme!

RAYMOND.

Bernard, le peuple se rassemble déjà dans l'amphithéâtre;
tout s'apprête pour les jeux, pour la victoire. Déjà, selon la
coutume, on a choisi, pour présider l'assemblée, la plus
belle d'entre nos femmes. Viens voir celle qui te couron-
nera.

BERNARD.

Et que m'importe! je ne m'intéresse plus à moi.

JEAN.

Que dis-tu, mon fils? Ne me dois-tu rien ? Tente la gloire,
si ce n'est pas pour toi, du moins pour ton père...

BERNARD.

Vous avez raison; mais le courage me manque. Je vous
afflige, mon père ?

RAYMOND.

Tu m'affliges aussi, moi.

BERNARD, leur pressant les mains.

Pardonnez-moi tous deux, entre un père, un ami tels que
vous, j'ai tort d'être malheureux, mais... je le suis bien.

SCÈNE VII.

LES PRÉCÉDENTS, HOMMES ET FEMMES DU PEUPLE, UNE
BOURGEOISE, UNE FEMME DE LA CAMPAGNE, portant
un enfant endormi.

Bernard et Raymond se dirigent vers un banc sur le côté droit de la
place ; Bernard s'assied, Raymond reste debout devant lui. Ils s'entre-
tiennent à voix basse).

JEAN, se retournant vers ceux qui sont entrés.

Qu'est-ce, qu'y a-t-il ?

LA BOURGEOISE.

Monsieur, une vingtaine d'hommes et de femmes viennent d'arriver dans Béziers, faits comme des vagabonds. Ils
disent qu'ils ont été chassés de leur village par les ennemis. On s'est disputé à qui les logerait; moi j'emmène cette
femme chez moi. Elle doit avoir besoin de repos.

JEAN.

Les croisés ont pris votre village, ma bonne ?

LA PAYSANNE.

Oui, monsieur, et même brûlé. Nous avons marché toute
la nuit, bien éclairés, allez !

JEAN.

Toute la nuit, d'où êtes-vous donc ?

LA PAYSANNE.

De Montagnac.

JEAN, étonné.

De Montagnac! Montagnac... à sept lieues d'ici?

LA PAYSANNE.

Oui, mon bon monsieur.

JEAN, (avec vivacité).

C'était, sans doute, quelque troupe d'avant-garde, néan-
moins cela m'étonne.

LA PAYSANNE.

C'était bien toute une armée, je vous assure.

JEAN.

C'est impossible, impossible, ma pauvre femme.

LA PAYSANNE.

Je dirai comme vous voudrez, mon bon monsieur.

JEAN.

La frayeur multiplie les objets. Où est votre mari? Il nous dira... (la paysanne pleure). Est-ce qu'il a été tué?

LA PAYSANNE, pleurant.

Je ne sais pas.

JEAN.

Ne pleurez pas, ma bonne femme, il se sera sauvé d'un autre côté. Allez vous reposer; ce pauvre petit enfant doit avoir faim. (A part.) Serait-ce vrai? Serions-nous perdus? (Haut.) Que quelqu'un de vous m'aille chercher le consul Pierre.

UN HOMME DU PEUPLE.

Je sais où il est. (Il sort; Jean se promène avec agitation sur le devant du théâtre.)

LA BOURGEOISE, à la paysanne.

Vous aurez plaisir à manger une bonne soupe, n'est-ce pas?

LA PAYSANNE.

Hélas! oui, ma bonne dame.

LA BOURGEOISE.

A propos, de quelle religion êtes-vous?

LA PAYSANNE.

Excusez-moi, ma bonne dame.

LA BOURGEOISE.

Quoi? Que voulez-vous dire?

LA PAYSANNE.

Je suis encore si émue de cette nuit, ma bonne dame; j'ai pas l'esprit pour vous répondre.

LA BOURGEOISE.

Ce n'est pas bien difficile. Êtes-vous catholique? Non Vous êtes hérétique, alors?

LA PAYSANNE, timidement.

Si ça vous plaît à dire comme ça.

LA BOURGEOISE.

Je vous demande ça, parce que vous autres, hérétiques, vous ne mangez pas de viande. Bon, c'est bien ; je vais vous acheter du poisson. Venez. ma pauvre... (En marchant.) Comment trouvez-vous Béziers ? C'est une fameuse ville, hein? (Elles sortent.)

SCÈNE VIII.

JEAN, PIERRE.

PIERRE.

Vous me demandez, moi je vous cherchais. (L'attirant sur le devant, à gauche.) Notre seigneur Trencavel est ici.

JEAN.

Incognito !

PIERRE.

Et seul. Il veut vous entretenir en secret avant que le peuple soit instruit de son arrivée.

JEAN.

Cela n'annonce rien de bon. Pourquoi a-t-il quitté son armée ? A-t-il été battu, défait ?

PIERRE.

Je n'en sais rien. Je n'ai vu que son messager.

JEAN.

Et où est-il, ce messager ?

PIERRE.

Au consulat.

JEAN.

Et les jeux qui vont commencer ! Il faut nous rendre au théâtre, mais quand les jeux seront ouverts, quand l'attention publique sera fixée, nous nous déroberons aisément, vous et moi. Je suis d'avis que monseigneur nous attende dans ce couloir ruiné qui est sur la droite de l'amphithéâtre. Allons, venez, renvoyons-lui son messager. Quelles nouvelles allons-nous apprendre ! (Ils sortent.)

SCÈNE IX.

(Le peuple se précipite sur la scène. Il crie : « Place, place, voici la reine de
beauté, voici la reine des jeux ! » Deux jeunes hommes et un vieillard
forment groupe au milieu du théâtre.)

PREMIER JEUNE HOMME, au deuxième qui cause avec le vieillard.

Dis, mais dis donc, qui est la reine de beauté ?

DEUXIÈME JEUNE HOMME.

Je te l'ai déjà dit, c'est Alison.

PREMIER JEUNE HOMME.

Quoi! Alison, la petite mercière ? .

DEUXIÈME JEUNE HOMME.

Mercière ou non, en connais-tu de plus jolie ?

PREMIER JEUNE HOMME.

Non pas, ma foi. Mais quelle mine fait-elle sur sa belle
haquenée ?

DEUXIÈME JEUNE HOMME.

Oh ! elle rougit bien fort, et elle est cent fois plus jolie. Au
reste, tu vas la voir. (Cris : « Place, place, la voici, vive la princesse
Alison ! » On voit passer dans le fond la reine de beauté à cheval. Cortége
de seigneurs et de grandes dames. Bernard se lève et se découvre. Raymond
salue et crie : Vive la beauté !)

PREMIER JEUNE HOMME.

Oh! la reine sans royaume !

LE VIEILLARD.

Mais non pas sans sujets. Saluez donc, jeune homme !

PREMIER JEUNE HOMME.

Je le veux bien ; mais pourquoi ?

LE VIEILLARD.

Vous honorez bien les reines, parce qu'elles peuvent vous
donner quelque chose, des titres ou des terres. Eh bien,
celle-là, elle peut donner sa personne. Est-ce que vous ne
seriez pas bien heureux si elle vous offrait ce soir son an-
neau de mariage ?

PREMIER JEUNE HOMME.

Par ma foi, si.

LE VIEILLARD.

Et mêmement est-ce qu'elle ne vous fait pas plaisir seulement à la voir. Pour vous faire une grâce, elle n'a qu'à se montrer. Quand vous serez de mon âge, vous sentirez que la jeunesse et la beauté sont le plus beau des royaumes. Entendez-vous, jeune homme, voilà la vraie reine; les autres sont les reines pour rire. C'est moi qui vous le dis.

PREMIER JEUNE HOMME.

Vive la reine Alison! (Le cortége achève de passer, tout le monde le suit, excepté Bernard et Raymond.)

SCÈNE X.

BERNARD, RAYMOND.

RAYMOND.

Dans quelques heures, tu seras sorti du rang des hommes; tu seras devenu immortel comme un dieu. Quoi! cela ne te tente point?

BERNARD.

Non.

RAYMOND.

Il y a dans ce peuple qui se réunit au théâtre des hommes venus de tous les points de la Provence. Ils répandront partout le nom du vainqueur de nos jeux. La Provence l'emporte sur l'Italie et sur l'Espagne dans l'art du chant; Béziers, sur toutes les autres villes de la Provence. Le vainqueur de Béziers sera le prince des poëtes. Allons, viens! La réputation, le bruit suivent désormais tous tes pas. Les hommes se retournent sur ton passage et disent: C'est lui. Parais-tu dans une fête, c'est pour toi qu'elle se donne. Entres-tu dans une assemblée, aussitôt tu en es le roi, y eût-il un roi. Et la joie, la joie suprême de voir les belles femmes, fières pour tous, timides auprès de toi! Quel enivrement!

BERNARD.

Comme tu aimes la gloire ! Toi aussi, tu la brigues, et
me croyant fait pour l'emporter, tu me presses cependant
de combattre. Oh ! magnanime amitié ! Tu me fais rougir de
l'amour ; j'ai envie d'aller à ces jeux pour y raconter cette
noble action.

RAYMOND.

Quelle folie ! viens, mais pour y prononcer ton éloge de
Béziers. Que le patriotisme t'inspire à défaut de l'ambition.
Viens parler pour Béziers menacé et lui susciter des soldats. Chanter la patrie, c'est combattre les ennemis de la
patrie. La parole a des traits qui portent au loin. Viens!
c'est à toi de commencer cette juste guerre.

BERNARD, après un instant de silence.

C'est vrai, allons. (Il se lève.)

FIN DU DEUXIÈME ACTE.

ACTE TROISIÈME

Le théâtre représente une chambre ruinée : à droite et à gauche, reste de couloirs; on voit le ciel par leurs ouvertures.

SCÈNE PREMIÈRE

TRENCAVEL, JEAN, PIERRE.

TRENCAVEL.

Il m'était impossible de tenir la campagne contre une armée si nombreuse, avec les troupes dont je dispose. J'ai donc pris le parti de disséminer mes soldats dans les villes et dans les châteaux. J'offre à l'ennemi, qui se confiait dans sa multitude et prétendait tout emporter en courant, une guerre de siéges, longue, ennuyeuse et meurtrière. Il en sera bientôt las. Pour moi, je vous l'ai dit; je me rends à Carcassonne. Je défendrai moi-même la capitale de mon comté.

JEAN.

J'approuve votre plan. Mais est-il possible que l'armée des croisés soit si proche ?

TRENCAVEL.

Je la précède à peine. Elle sera sous vos murs dans quelques heures. Quoi donc ! ne l'attendiez-vous pas ?

PIERRE.

Monseigneur, nous avons travaillé à relever nos murs dès les premiers bruits de guerre.

JEAN.

Mais nous avions compté naturellement, que vous arrê-

teriez la croisade un bon mois. Vous avez décidé que vous
lui livreriez les champs et ne défendriez que les places
fortes ; vous l'avez décidé dis-je, et bien décidé. La résolution est bonne pour tous les pays, funeste seulement pour
Béziers. N'importe. Nous avons craint un instant que vous
n'eussiez été défait. Il n'en est rien ; Dieu soit loué !

TRENCAVEL.

Voilà qui est bien. Mais il s'agit de vous, de votre salut.
Écoutez : j'ai fait le tour de la ville, à l'extérieur, avant
d'entrer. Vos murs ont vingt endroits abordables ; vous êtes
tout ouverts.

JEAN.

Les meilleurs remparts sont les hommes.

TRENCAVEL.

Oui, vous êtes vaillants, mais que peut la vaillance contre
une armée pareille ? Vous serez submergés, noyés en un
instant ; dès ce soir peut-être.

JEAN.

Nous ne traiterons pourtant jamais aux conditions qu'on
nous voudra faire.

TRENCAVEL.

Je crois que vous n'aurez pas la peine de les refuser. Ceci
n'est pas une guerre ordinaire. On n'accepte pas de rançon
pour les prisonniers, on les pend ; pas de capitulation pour
les villes, on les brûle. (On entend les applaudissements du peuple,
Pierre se retourne.) Qu'est-ce ?

PIERRE.

C'est quelque pensée généreuse que le peuple applaudit
pour la dernière fois.

TRENCAVEL.

Non, non, cela ne sera pas. Écoutez mon avis. Quittez tous
la ville, et suivez-moi à Carcassonne. Là dans une forte
assiette et derrière de puissantes murailles, nous pourrons
braver l'immense armée de la croisade. Vous secouez la tête ?

JEAN.

Monseigneur, un peuple avec ses enfants et ses femmes,

ne se met pas aux champs comme une armée. Les croisés
sont proches ; ils nous atteindront dans notre retraite tu-
multueuse et nous détruiront aisément.

TRENCAVEL.

Il faudra sacrifier des hommes, sans doute, mais la plus
grande partie de ce peuple, j'en réponds, arrivera à Carcassonne.

JEAN.

Et que ferions-nous à Carcassonne ? Nous vous affame-
rions, monseigneur.

TRENCAVEL.

Vous nous aideriez à nous défendre.

JEAN.

Nous vous amènerions plus de bouches que de bras : non,
monseigneur, non, puisqu'il faut mourir, mourons sans
entraîner les autres dans la ruine. Béziers tombera comme
une sentinelle perdue qui se dévoue au salut de l'armée.

TRENCAVEL.

Et moi je vous réponds : il faut triompher ou mourir
ensemble.

JEAN.

Ce que vous proposez n'est pas seulement dangereux,
c'est impossible. Songez que vous n'avez que quelques instants pour inspirer à ce peuple une résolution si extraordinaire. Quitter Béziers, monseigneur, c'est se vouer à la
misère, à l'exil, à toutes sortes de maux.

TRENCAVEL.

Mais la mort est le plus grand des maux.

JEAN.

Nous avons des vieillards, des enfants, des malades, des
infirmes ; faudra-t-il les abandonner à la rage de nos ennemis ?

TRENCAVEL.

On les emportera.

JEAN, avec violence.

Et emportera-t-on aussi nos murs, notre sol, la colline

sur laquelle s'élève Béziers? Ne savons-nous pas que si nous revenons jamais, nous ne retrouverons plus la patrie; les murs auront été rasés, et la colline ne sera plus qu'une colline semblable aux autres. Mieux vaut les défendre, au risque de périr.

TRENCAVEL.

Mais vous périrez, vous périrez, je vous le répète, c'est certain.

JEAN.

Je vous crois, monseigneur, mais le peuple ne vous croira pas.

TRENCAVEL.

Il faut toujours le lui proposer.

JEAN.

Non, monseigneur, je m'y oppose.

TRENCAVEL.

Vous prenez sur vous une terrible responsabilité.

JEAN.

Pas plus terrible que celle dont vous voulez vous charger.

TRENCAVEL.

Comment cela?

JEAN.

Vous allez effrayer le peuple, pas assez pour la fuite et trop pour la défense. Vous ne parviendrez pas à nous tirer d'ici, monseigneur, nous sommes enracinés à ce sol comme des chênes. Nous ne vous suivrons pas. Cependant vous aurez ébranlé notre confiance. Vous nous aurez ôté avec la certitude de vaincre, la moitié de notre âme. Vous aurez rendu impossible ces miracles de l'héroïsme, qui, plus d'une fois, ont sauvé des peuples perdus en apparence, et déjà condamnés comme nous.

TRENCAVEL, à Pierre.

Et vous, quel est votre avis?

PIERRE.

Je pense que la résistance est impossible peut-être; mais que la fuite l'est certainement.

TRENCAVEL.

C'est bien. Je reste.

JEAN.

Vous voulez mourir ?

TRENCAVEL.

Vous le voulez bien.

JEAN.

Songez, monseigneur, que vous êtes le chef de cette terre, la tête et le cœur du pays. En vous, nous sommes vulnérables et mortels. Couvrez-vous, au contraire, d'une triple cuirasse, monseigneur, et défendez votre existence comme celle d'une nation.

TRENCAVEL.

Quoi! que je monte à cheval et que je m'en aille paisiblement, laissant derrière moi tout un peuple voué à la destruction, un peuple de sujets fidèles, que dis-je, un peuple d'amis ! Cette idée m'est insupportable.

JEAN.

Ah ! seigneur que vous méritiez bien leur fidélité.

TRENCAVEL.

Mais vous, vous au moins, échappez à une mort certaine, suivez-moi.

PIERRE, simplement.

Monseigneur, nous sommes consuls de la ville pour six mois encore.

TRENCAVEL.

Vous êtes de braves gens.

JEAN, avec force.

Oui, monseigneur.

TRENCAVEL.

Et je ne vous connaissais pas, et la première fois que je vous parle est aussi la dernière !

JEAN.

Vous êtes jeune, monseigneur.

TRENCAVEL.

Oui, mais j'ai pris part à plus d'un combat. J'ai vu tomber plus d'un ami sur le champ de bataille ; je n'ai jamais ressenti une émotion pareille.

JEAN.

Si vous étiez à notre place, vous seriez moins ému. Allons, monseigneur, partez. La nouvelle de votre arrivée peut se répandre. Le peuple voudrait, peut-être, vous retenir. Partez, il le faut.

TRENCAVEL.

Je ne puis me résoudre à vous dire adieu.

JEAN, souriant.

Nous ne pouvons pourtant pas nous dire : au revoir. Je vous en supplie, monseigneur, partez. Il y va de l'intérêt du pays. C'est au nom de votre devoir que je vous parle.

TRENCAVEL.

Mes amis, mes chers amis, sachez-le, vous vivrez éternellement là. (Il met la main sur sa poitrine.)

JEAN.

Vous ne songez qu'à nous deux. (Il le conduit à droite.) Monseigneur, ici, tenez, on embrasse d'un coup d'œil toute la ville. Voyez comme le soleil la flatte à sa dernière heure.

TRENCAVEL, levant la main vers le ciel.

Je crois vous comprendre. Ah ! vous serez cruellement vengés, je vous jure. (Il embrasse les deux consuls et sort précipitamment.)

SCÈNE II.

LES MÊMES, moins TRENCAVEL.

PIERRE.

Et nous, allons dire à ce peuple que le temps des discours est passé.

JEAN.

A quoi bon ! La fête est près de finir. Ne troublons pas ses nobles émotions. Il n'en agira que mieux : il est là.à l'école du courage.

PIERRE.

Allons donc écouter votre fils, c'est lui qui va parler.

PREMIER TABLEAU

SCÈNE III.

BERNARD, PIERRE, JEAN.

(Une vaste chambre à moitié ruinée : une large ouverture dans le mur du fond, permet d'apercevoir dans le lointain des gradins chargés de peuple, et plus près, dans une sorte de tribune, Bernard pose de profil; banc dans un coin à gauche, entrées à droite et à gauche. Au moment où Jean et Pierre entrent, par la gauche, on entend le murmure de la foule. Le silence se fait peu à peu. Pendant que Bernard parle, des instruments à corde lui font une sorte d'accompagnement très-faible.)

—

BERNARD.

Connaissez-vous la cité dont les blanches maisons couronnent une ample colline; qui, assise parmi les vignes et les oliviers, respire la saine amertume de la mer, et voit palpiter au loin la voile des vaisseaux : c'est la ville gracieuse, la noble ville de Béziers.

La ceinture des hautes tours l'environne, où les martinets volent par troupes, et se jouent infatigables à cause de la pureté de l'air. Elle reçoit, l'heureuse cité, les premiers et les derniers regards du soleil.

Des souffles humides y rafraîchissent l'air sans cesse durant les rigueurs de l'été. Une douce lumière, de tièdes rayons y égayent l'hiver même et les jours où règne le vent du nord. Mais quelle beauté naturelle égala jamais son printemps?

Une rivière coule inépuisable au pied de la colline. Les aulnes et les saules, d'un bord à l'autre, se cherchent et croisent leur feuillage sur les eaux profondes. L'alcyon y file comme la flèche. Oh! mes amis, c'est là qu'il fait bon parler d'amour. (Une pause.) Pourquoi faut-il que de hautes tours, que d'épais remparts nous protégent? Celui qui ne hait personne devrait-il avoir à craindre la haine?

JEAN, à demi-voix.

Oui, oui, c'est cela, c'est notre pensée à tous.

BERNARD.

Je ne vois autour de moi que des amis vrais, des femmes
sincères, des hommes généreux au mains ouvertes. La noble
cité est aussi la cité hospitalière. Si vous êtes riche, venez à
Béziers, quittez vos donjons orgueilleux : venez, vous trou-
verez parmi nous la joie humainé, les fêtes où l'on récom-
pense les nobles propos, où les poëtes luttent d'images
brillantes et de pensers généreux, où le vaincu sans envie
couronne le vainqueur.

Si vous êtes pauvre, venez encore, nul ne vous fera honte
des rigueurs de la fortune. L'amitié, les plaisants entretiens
ne s'achètent pas ; l'amour même ici ne craint pas la pauvreté.

Venez, si vous êtes joyeux, venez apprendre le bonheur
bienfaisant qui profite aux autres, et les générosités de l'esprit qui justifient la joie. Venez, si vous êtes malheureux,
venez chercher ici un protecteur qui soit votre ami, une
amante fidèle. L'amour même ne craint pas la pauvreté.

Combien sont venus pour un jour et sont demeurés des
années ! D'autres passaient et s'arrêtèrent jusqu'à la mort.
Qui s'en va, aspire au retour. Qui en entend seulement parler, languit loin de nous. Venez, venez tous, on élargira la
ceinture des tours; on bâtira de nouvelles maisons au bord
du fleuve. Béziers vous convie, il y a place pour les nations
dans la cité hospitalière ! Oh ! vous, qui habitez des terres
inconnues, des pays lointains, si l'amour du sol natal vous
retient, si nous ne devons jamais être unis par les liens de
la bienveillance et de l'amitié, du moins ne nous haïssez
pas sans nous connaître. Si l'on vous dit du mal de nous,
oh ! ne le croyez pas.

JEAN, à demi-voix.

Oui, Béziers parle par ta voix. Oh! si nos ennemis pou-
vaient, s'ils voulaient t'entendre.

BERNARD.

Béziers ne vous envie pas les bontés de Dieu. Nous ne le

prions pas pour qu'il diminue vos prospérités, non (avec émotion), qu'il garde seulement notre doux pays et qu'il préserve de tous maux la cité hospitalière.

JEAN.

Sa voix s'affaiblit, il chancelle. Mon fils ! (Il s'élance dans l'amphithéâtre. On voit Bernard s'affaisser. Cris et applaudissements, tout à la fois.)

SCÈNE IV.

BERNARD, RAYMOND, PIERRE, JEAN.

(Bernard entre par la droite, soutenu par Raymond et par Jean.)

BERNARD, s'asseyant sur une pierre au fond, à droite.)

Ce n'est rien, n'ayez pas de crainte. La joie, la peur... je ne sais quels pressentiments funestes. La force m'a tout-à-coup manqué, et j'ai pensé m'évanouir. (On entend crier, vive Bernard ! vive Béziers !)

RAYMOND.

Écoute ces clameurs, écoute, elles rappelleraient un mort à la vie. C'est le peuple qui proclame ta victoire. Tu l'emportes sur nous tous. (Lui posant la main sur la tête.) Ici le vaincu sans envie, couronne le vainqueur. (Bernard se jette dans ses bras. Jean et Pierre descendent la scène.)

PIERRE à Jean.

Sois béni, toi dont le fils glorifie si magnifiquement la patrie. (Jean lui presse les mains, Pierre avec un soupir.) Il est heureux, celui qui peut ainsi concilier tous ses amours.

JEAN.

Oui. (D'un air sombre.) Et avec tout cela il faut mourir.

SCÈNE V.

LES MÊMES, ÉLÉONORE, entrant par la gauche.

PIERRE.

Ah! ceci me déplaît, que viens-tu faire ici, ma fille?

ÉLÉONORE.

Il a fallu l'emporter, m'a-t-on dit, il est malade, mourant peut-être, laissez-moi le voir, soyez humain, mon père.

PIERRE.

Non, ce n'est rien, une faiblesse causée par une émotion trop vive.

SCÈNE VI.

LES MÊMES, UN MESSAGER qui entre.

JEAN.

Quelle nouvelle? qu'y a-t-il?

PIERRE, à Éléonore.

Retire-toi ma fille. (Éléonore se retire, mais elle reste sur la gauche du théâtre.)

LE MESSAGER, à demi-voix.

Messeigneurs, le veilleur que vous avez placé dans le clocher vous fait dire qu'un danger menace peut-être la ville.

JEAN.

Voyons, explique-toi promptement.

LE MESSAGER.

Il ne voit rien distinctement encore; mais il aperçoit à deux lieues à peu près, sur la route d'Avignon, une grande poussière. Est-ce un immense troupeau de bœufs, ou une chevalerie nombreuse qui s'avance? il ne sait.

JEAN.

C'est bien ; que les trompettes du consulat parcourent la ville, et ordonnent au peuple de s'armer sur-le-champ.

RAYMOND, venant vers eux.

Qu'est-ce ? puis-je le savoir ?

JEAN.

Pierre vous le dira. (Il va rejoindre Bernard.)

PIERRE.

Le veilleur aperçoit à l'horizon un grand nuage de poussière.

RAYMOND, avec inquiétude.

Il n'est pas possible que ce soit l'armée de la croisade, n'est-ce pas ?

PIERRE, froidement.

C'est elle.

RAYMOND.

Qui vous fait penser ?

PIERRE.

C'est inutile à dire. Mais nous avons eu des messages certains. Ce sont les croisés.

RAYMOND, à part.

Nous sommes perdus !

PIERRE.

Que dites-vous ?

RAYMOND.

Ne pensez-vous pas qu'il serait prudent de faire sortir Éléonore de la ville, pendant qu'il en est temps encore ?

PIERRE, avec intention.

Vous croyez donc que la ville sera prise ?

RAYMOND.

Il faut tout prévoir. Si les croisés triomphent, la perte de votre fille est assurée. Votre rang dans Béziers, votre zèle pour la religion albigeoise, sa propre réputation la désignent à la mort, aux plus cruels tourments peut-être. Vous pâlissez ?

PIERRE.

Quel père ne pâlirait ?

RAYMOND.

Ah ! croyez-moi, je ne parle pas pour le plaisir de vous désespérer. Il faut tout vous dire. Je suis un homme de guerre, je me connais en fortifications, Béziers n'est pas tenable. Les habitants sont courageux, mais indisciplinés. Vous vous abusez en comptant sur une résistance sérieuse. Vous serez forcés, je vous le répète. Ce que je vous dis ne vous émeut pas ; vous ne voulez pas me croire quand j'avance que Béziers cédera au premier assaut ?

PIERRE.

Je sais cela depuis longtemps. Nous espérions seulement, Jean et moi, que les croisés ne viendraient pas, ou nous donneraient le temps de fortifier la ville.

RAYMOND.

C'était aussi ma pensée. Mais maintenant tout est fini, selon moi.

PIERRE.

Et selon moi aussi.

RAYMOND.

Sauvez donc votre fille !

PIERRE, avec impatience.

Et comment ?

RAYMOND.

Donnez-la à Bernard, qu'il l'épouse et qu'il l'emmène en lieu sûr. (Pierre se détourne sans répondre, et va rejoindre sa fille. — A part.) Cœur barbare, endurci par une religion cruelle ! Voilà le fanatisme !

ÉLÉONORE, à Pierre.

Mon père, Bernard ne se remet pas, rendez-vous à mes prières.

PIERRE, brusquement.

Tu veux voir Bernard ?

ÉLÉONORE.

Oui, mon père, je vous en supplie.

PIERRE, brusquement.

Eh bien! va... (Il la pousse vers Bernard. — A part.) On ne contrarie pas les mourants. (On entend sonner des trompettes : une près, d'autres de plus en plus loin. — Jean et Raymond sont redescendus auprès de Pierre.)

SCÈNE VII.

LES MÊMES, SECOND MESSAGER.

LE DEUXIÈME MESSAGER.

Monseigneur l'évêque de Béziers vient d'arriver aux portes de la ville. Il fait demander aux consuls un sauf-conduit pour entrer; il ne s'explique pas sur les motifs de son retour.

JEAN, étonné.

Monseigneur ici, en ce moment? Raymond, allez à sa rencontre, et dites-lui qu'il peut entrer sans crainte. (Raymond sort avec le messager.)

SCÈNE VIII.

LES PRÉCÉDENTS, moins RAYMOND et LE MESSAGER.

JEAN.

Une lueur d'espoir passe devant mes yeux.

PIERRE.

Moi, je n'espère plus.

JEAN.

Il ne vient pas sans raison.

PIERRE.

Oui, mais laquelle? Croyez-vous qu'il vienne s'enfermer avec nous, pour nous protéger de sa présence?

JEAN.

Ah! ce serait un beau rôle à jouer!

PIERRE.

Ce qu'il y a de plus probable, c'est qu'il apporte des propositions, des conditions.

JEAN.

Eh bien, peut-être seront-elles acceptables. C'est une dernière chance.

PIERRE.

Dieu vous entende! Allons au consulat réunir les conseillers de la ville.

SCÈNE IX.

ÉLÉONORE, BERNARD.

BERNARD, prenant les mains d'Éléonore.

Seuls!... enfin!

ÉLÉONORE, avec étonnement.

Seuls!... Il se passe quelque chose de grave.

BERNARD.

Que nous importe?

ÉLÉONORE.

Oui, que nous importe?

BERNARD.

Seuls!... Éléonore, seuls! comprends-tu?...

ÉLÉONORE, lui présentant son front.

Je comprends... (Bernard l'embrasse au front; ils descendent lentement le théâtre, en se tenant par les mains.) Bernard, je ne sais pas bien ce qu'il faut faire ni ce que je ferai; mais, je te le jure, je serai à toi, à toi pour toujours, pour la vie!...

BERNARD, du même ton.

A toi... pour toujours, pour la vie!

FIN DU TROISIÈME ACTE

ACTE QUATRIÈME

La scène se passe dans une salle du consulat : une table sur la droite, autour de laquelle sont assis cinq conseillers de la commune; au fond, deux grandes fenêtres à double baie avec colonnette romane, sans châssis et sans vitres. L'évêque est debout à gauche, la main appuyée sur un fauteuil ; entre les conseillers et lui, un peu plus au fond, Jean debout, Pierre fait face à l'évêque, on entend les murmures du peuple sous les fenêtres du consulat.

SCÈNE PREMIÈRE.

JEAN.

Eh bien, monseigneur, quelles conditions nous apportez-vous? Le peuple a hâte de les connaître.

L'ÉVÊQUE.

Ouvrez vos portes à l'armée de la religion. Il ne sera fait aucun mal aux catholiques.

JEAN.

Mais quel sera le sort de ceux que vous appelez les hérétiques?

L'ÉVÊQUE, avec fermeté.

On les ôtera d'au milieu de vous, comme on arrache l'ivraie d'entre le bon grain.

JEAN, vivement.

Jamais!

L'ÉVÊQUE.

C'est votre avis ; mais souffrez que les autres parlent à leur tour. J'ajoute que les biens des criminels seront distribués aux chrétiens fidèles.

JEAN.

Ah! voilà qui est tentant.

L'ÉVÊQUE.

Laissez donc les conseillers de la commune décider libre-
ment. Vous n'avez pas le droit d'imposer votre volonté à
toute une ville.

JEAN, à part.

Il a raison. O Dieu ! chasse du cœur de ces hommes les
honteuses pensées, la cupidité et la crainte.

PREMIER CONSEILLER.

Monseigneur, je ferai d'abord cette question : Qu'arrivera-
t-il si nous refusons vos conditions ?

L'ÉVÊQUE.

Nous prendrons votre ville avec l'aide de Dieu, et nous
vous détruirons. N'attendez de la croisade ni trêve, ni com-
position, ni merci.

DEUXIÈME CONSEILLER.

C'est donc une guerre à mort ?

L'ÉVÊQUE.

C'est la guerre contre les Amalécites. Sachez que l'armée
de la religion est aussi nombreuse que celle de Sennaché-
rib ; et, cette fois, les anges exterminateurs marchent à ses
côtés. Votre perte est certaine.

DEUXIÈME CONSEILLER.

Qu'en pensez-vous, Jean ?

JEAN, étonné.

Moi ?

DEUXIÈME CONSEILLER.

Oui, vous qui connaissez mieux que personne l'état des
choses et les forces de la ville.

TROISIÈME CONSEILLER.

Est-ce votre avis que notre défaite est certaine ?

JEAN, avec effort.

C'est mon avis ! (Moment de silence.)

PREMIER CONSEILLER.

Voyons, monseigneur, parlez sans figure. Si nous nous
rendons, quel sort attend les hérétiques ?

L'ÉVÊQUE.

La mort.

PREMIER CONSEILLER, se levant et s'avançant.

Je suis un bon homme, monseigneur, je trouve cela dur de mourir.

JEAN, inquiet, à part.

Que va-t-il dire?

PREMIER CONSEILLER.

Je ne suis pas un héros, moi; mais c'est égal, s'il dépend de moi, vous n'aurez pas nos frères les hérétiques.

JEAN, s'avançant et lui frappant sur l'épaule.

Tu es un héros, mon ami.

TOUS LES CONSEILLERS, se levant.

Non, non, vous ne les aurez pas!

UN CONSEILLER.

Entre vous et nous, Dieu, que vous invoquez, jugera!

PIERRE, qui est resté jusque-là assis en face de l'évêque, calme et silencieux, se lève et parle lentement.

Mes amis, si par notre union, nous avions quelque chance de vaincre, si, en combattant ensemble, nous assurions le salut commun, votre résolution serait sage; mais nous sommes dans une situation telle qu'il faut que tous ou quelques-uns périssent. Il n'y a pas à hésiter; tous ne peuvent pas mourir inutilement, tandis que le sacrifice de quelques-uns sauve les autres. Acceptez les conditions qui vous sont offertes, je vous y engage au nom de tous mes coréligionnaires. Ce n'est pas vous qui nous livrez, c'est nous qui nous dévouons. Je suis témoin que vous avez voulu partager notre sort; c'est assez. En expirant, nous ne vous accuserons pas... Les plus heureux ne sont pas toujours ceux qui survivent!

LES CONSEILLERS.

Non! non! non!

JEAN à Pierre.

Nous n'acceptons pas votre sacrifice.

PIERRE.

Nous n'acceptons pas que toute la ville périsse à cause de nous. C'est un bienfait funeste que vous n'avez pas le droit de nous imposer.

JEAN.

Et vous, avez-vous le droit de nous imposer une infamie?

LES CONSEILLERS, debout.

Non!... Jamais!... C'est fini!... c'est délibéré!...

PREMIER CONSEILLER, à Pierre,

Soumettez-vous à l'avis de la majorité.

JEAN, à l'évêque.

Monseigneur, vous avez entendu notre réponse. Vous pouvez vous retirer.

L'ÉVÊQUE.

Ma mission n'est pas encore finie. Je vous somme de consulter le peuple : vous ne pouvez le condamner à mourir sans l'entendre.

JEAN.

C'est juste. (Il se dirige vers la fenêtre.)

L'ÉVÊQUE.

Vous allez le prévenir en faveur de votre opinion.

JEAN.

Croyez-vous donc que je songe à mon opinion particulière en ce moment?

JEAN, élevant la voix.

Mes amis!

VOIX DU PEUPLE.

Écoutez!... écoutez!... Silence!

JEAN.

Monseigneur nous apporte des propositions de paix.

VOIX DU PEUPLE.

Parlez!... parlez!... Silence!

JEAN.

Sachez d'abord l'état des choses. L'armée des croisés est immense.

UNE VOIX.

C'est connu.

JEAN.

Elle se compose des chevaliers les plus vaillants, des soldats les plus aguerris de la chrétienté.

VOIX DE RAYMOND.

On le verra bien.

JEAN.

Béziers est faible, mal muni d'armes et de vivres , parce que le temps nous a manqué. Vous êtes courageux, mais vous n'êtes pas aguerris. Nos remparts, sur bien des points, sont difficiles à défendre...

PLUSIEURS VOIX.

C'est faux ! c'est faux !

JEAN, avec force.

J'affirme sur l'honneur que c'est la vérité (Silence.)

PLUSIEURS VOIX.

La condition ! la condition !

JEAN.

La voici : Si nous ouvrons nos portes à la croisade , les catholiques n'ont rien à en craindre. Quant aux hérétiques, ils seront à la merci du vainqueur.

VOIX DE RAYMOND.

Mais le vainqueur fera-t-il merci?

JEAN, avec force.

Non.(Explosion de cris et de murmures: « non ! non ! on se battra ! malheur aux croisés ! »)

JEAN, fait signe qu'on se taise, le silence se rétablit peu à peu.

J'ai encore un mot à dire. On fait aux catholiques un avantage sérieux. Ils auront les biens des victimes. (Cris plus violents : « A bas l'évêque! à bas ! » Sifflets et huées. Jean quittant la fenêtre et s'approchant de l'évêque). Monseigneur, pensez-vous que ce peuple mérite la mort? (Le tumulte qui s'était calmé recommence, on entend les cris: « Les voilà, les voilà, à mort l'évêque! à mort! à mort! Jean, étonné.) Qu'est-ce donc?

SCÈNE II.

LES PRÉCÉDENTS, UN SERGENT entrant.

LE SERGENT.

L'avant-garde des croisés est en vue de la ville. Déjà elle a pris position dans la vallée. C'est ce qui rend le peuple furieux.

JEAN, avec douleur.

Monseigneur, ne croyez pas qu'il y ait un danger véritable. Ce sont de vaines menaces. Ce peuple n'est pas cruel. Laissez passer le premier mouvement d'une colère excusable, après tout. Dans une heure vous pourrez partir.

L'ÉVÊQUE, à part.

Si telle était, ô mon Dieu, votre volonté, que par le sacrifice de ma vie, je rachetasse ce peuple de l'aveuglement et de la mort! (Haut à Jean). Je n'ai plus rien à faire ici; pourquoi attendrais-je?

JEAN.

Monseigneur, je vous en supplie.

L'ÉVÊQUE.

Voyez mes cheveux blancs. Il n'est au pouvoir de personne de m'ôter un grand nombre de jours.

JEAN.

Attendez au moins que je leur parle. (Il court vers la fenêtre.)

UN CONSEILLER, voulant le retenir.

Ne compromettez pas votre popularité. Elle importe à la défense et au salut de la ville.

JEAN, au peuple.

Qu'est-ce donc ? qu'y a-t-il ? (Le silence se rétablit par degrés.) j'entends ces cris, « les voilà, les voilà. » Hé ! oui sans doute ils sont là les ennemis que nous attendions. Aviez-vous pensé qu'en venant toujours, ils n'arriveraient jamais ? Cependant vous êtes tous remplis d'étonnement et de fureur, et vous restez là immobiles à crier comme des femmes. Est-ce le moment ? Allez donc où vous devriez être, aux remparts ! aux remparts ! (On n'entend qu'un vague murmure. Moment d'attente et de silence, Jean, se retournant.) Le peuple se retire... monseigneur, vous pouvez partir. (A part) Je protégerai d'ici sa retraite. (L'évêque salue et se retire.)

SCÈNE II.

LES PRÉCÉDENTS, moins L'ÉVÊQUE.

JEAN, de la fenêtre, aux conseillers.

La place est presque vide déjà... il n'y reste plus que quelques femmes ; monseigneur passe au milieu d'elles en toute sécurité... Oh ! ciel ! (On entend des cris lointains : A mort ! à mort !) Ah ! malheureux ! (Jean sort précipitamment par la porte de gauche.

DEUXIÈME TABLEAU

SCÈNE III.

JEAN, HOMMES ET FEMMES DU PEUPLE.

Une petite place ; l'Évêque à gauche est debout, adossé contre une maison ; auprès de lui son cheval est gisant. Un groupe de femmes et quelques hommes l'entourent en vociférant. Jean s'élance au milieu d'eux et se place à côté de l'Évêque.

JEAN.

Que faites-vous, malheureux ? (La bande recule) Que voulez-vous ?

UNE FEMME.

Le retenir comme ôtage.

PLUSIEURS VOIX.

Oui, oui qu'il nous serve d'ôtage.

JEAN, d'une voix calme.

Fort bien, nous allons donc le garder comme ôtage. Croyez-vous que cela empêchera les croisés de commencer l'attaque ?

PLUSIEURS VOIX.

Oui, oui sans doute.

JEAN.

Pensez-vous que les chefs de la croisade n'aient pas prévu ce que vous faites ? Cependant ils ont laissé partir ce vieillard, qui est entré dans notre ville résigné à tout. Les croisés nous attaqueront donc, en dépit de votre ôtage. Que ferons-nous alors ?

UNE VOIX.

Hé bien, on le tuera.

PLUSIEURS VOIX.

Oui, oui, c'est juste.

JEAN s'avançant.

Et qui le tuera ? Que le brave qui se charge d'assassiner ce vieillard inoffensif sorte des rangs. (Tous restent immobiles et muets.)

UNE VOIX D'HOMME.

Nous périrons donc sans vengeance !

JEAN.

Non. Il vous en faut une, mais une vengeance extraordinaire, illustre, digne de vous, enfin. Je vais vous l'enseigner. Reconduisez ce vieillard jusqu'à nos portes en silence et avec les respects qu'on doit à son âge... Peut-être des furieux l'attaqueront en chemin... Mais vous serez là pour le défendre. Allez, je vous le confie ! (A l'évêque, à haute voix, avec intention.) Partez avec eux sans crainte, monseigneur, vous êtes en sûreté sous leur garde.

PLUSIEURS VOIX. (Après quelque hésitation.)

Oui, oui.

JEAN à l'évêque, à demi-voix.

Excusez-nous, monseigneur ; pardonnez-nous un peu d'impatience devant la mort. (L'évêque bénit Jean de la main et 'éloigne en silence. La foule le suit.)

SCÈNE IV.

JEAN, PIERRE, RAYMOND.

PIERRE avec inquiétude.

Hé bien ?

JEAN.

Quelques mots ont suffi pour conjurer le péril. Et croyez bien que ce n'est pas l'œuvre de mon éloquence, c'est l'effet de la douceur naturelle de ce peuple. Il s'agit maintenant de prendre nos dernières dispositions. (A Pierre.) Que deviendra ta fille ?

PIERRE.

Ce que deviendra ton fils.

JEAN.

Mon fils est un homme. Il mourra les armes à la main, en faisant son métier d'homme. Mais il faut sauver ta fille.

PIERRE.

Et comment ?

JEAN.

La ville n'est pas entièrement investie. Elle peut encore sortir.

PIERRE.

Les champs sont couverts de ses ennemis. Où irait-elle seule, sans guide et sans protecteur ?

RAYMOND.

Je vous ai dit mon avis. Il est bon, mais vous l'avez repoussé.

PIERRE.

O Dieu ! voici le moment que mon inquiétude constante, inexplicable, pressentait sans doute ! Vous rappelez-vous, mes amis, la maladie de ma fille? Avant, je n'avais jamais songé qu'elle pût mourir, tant les hommes sont déraisonnables. Depuis, je n'ai jamais cru qu'elle dût vivre. Je n'ai pas eu un instant de sécurité. J'épiais à tous moments sur son visage les signes d'une rechute mortelle. Je l'aimais sans cesse comme on aime ceux qu'on va perdre. Je l'embrassais toujours comme pour la dernière fois. Hélas ! à quoi m'ont servi les soins, les craintes, les jours anxieux et les nuits sans sommeil? Je vois venir la mort du côté où je l'attendais le moins !

JEAN lui serrant les mains, avec un soupir.

Je suis fait pour comprendre ta douleur.

PIERRE, avec tristesse.

Mes amis, je vous fais voir une étrange contradiction : ma religion me prescrit d'aimer la mort comme un bienfait, comme la délivrance, et le commencement de la véritable vie ; et je ne puis soutenir l'idée de voir mourir ma fille. Ne jugez pas mes coreligionnaires sur moi, je vous prie. Je suis un pauvre témoin de notre foi !

JEAN.

Et moi, moi suis-je moins faible ! Sais-tu ce que je me dis en ce moment? Quelles pensées j'agite en mon esprit? Je me dis : la perte de mon fils ne sauvera pas Béziers; que fait un bras de plus ou de moins, là où des milliers de bras ne peuvent pas repousser la destruction ?

RAYMOND.

Eh! sans doute, il faut que Bernard parte, qu'il s'échappe quand il en est temps encore.

JEAN.

Non, mon ami, ce sont les sophismes de l'amour paternel. La loi de la justice règne jusque dans la mort. Mon fils est

comme un second bras que la nature m'a donné, et que
mon devoir m'ordonne de consacrer à la défense de la patrie. Et de quel front oserais-je commander à nos jeunes gens
le sacrifice de leur vie, si je commence par mettre mon
fils en sûreté ?

RAYMOND, avec vivacité.

Vous parlez de sophismes, en voilà. Que la guerre dévore
en un instant des milliers de soldats, c'est bien, la nature
en refait autant en un jour. Mais des hommes comme Bernard, elle n'en produit pas volontiers. Est-ce qu'on dépense
l'or pur comme le cuivre sans valeur. Et dans ces chasses
meurtrières, où l'on détruit sans pitié les hôtes des bois par
centaines, est-ce qu'on tue le rossignol ? Non, Bernard, c'est
l'oiseau rare. Il a reçu de la destinée le don redoutable du
chant. Sa parole est de celles qui portent bien loin au delà
de l'horizon. Qu'il vive, et qu'il nous venge. Un chant léger
échappé de ses lèvres peut devenir comme l'âme nouvelle
d'un peuple, et agiter contre nos assassins les pierres mêmes de ce pays !

PIERRE.

C'est vrai.

JEAN, brusquement.

Mais vous qui parlez, pourquoi êtes-vous encore ici ?

RAYMOND, étonné.

Moi ?

JEAN.

Vous n'êtes pas de Béziers, vous pouvez partir.

RAYMOND.

J'étais de Béziers, quand il y avait des fêtes à Béziers ; et
je n'en serais pas quand il y a des batailles ? Allez, vous ne
savez ce que vous dites.

JEAN.

Vous aussi, vous êtes poële.

RAYMOND.

Oui, autrefois avant l'avénement de Bernard. Mais maintenant je ne suis plus qu'un chevalier. Je compte que vous me donnerez une bonne place sur vos murs. Au reste, je saurai bien la trouver.

JEAN.

Que mon fils se sauve et que vous vous perdiez, c'est le comble de l'injustice et de la déraison. A votre tour, vous ne savez ce que vous dites.

PIERRE, avec effort.

Écoutez-moi, mes amis ; écoute, Jean. L'intérêt de la patrie demande que ton fils vive. Donne-le moi pour protéger ma fille, qu'ils partent ensemble, qu'il l'épouse... et qu'il la conserve.

RAYMOND.

Ah ! voilà la vraie solution !

JEAN.

Ta résolution m'étonne.

PIERRE.

Il est certain que je périrai. Eh bien, j'espère... je crois... une voix secrète me dit : que Dieu prendra ma vie pour celle de ma fille.

RAYMOND.

Et moi, je me battrai pour votre fils. Que Béziers, dont ils seront les seuls restes, refleurisse en eux !

JEAN.

Pierre, Raymond, je ne puis vous le cacher, je suis ébranlé, vaincu. Vous me commandez au nom de la patrie, de l'amitié, de l'humanité, une chose que mon cœur désire avec une force déjà presque invincible. Hélas ! puis-je résister ? Mon fils vivra pour venger ses concitoyens, pour conserver une autre vie. Peut-être est-ce assez pour me justifier de son existence !

SCÈNE V.

LES MÊMES, BERNARD, ÉLÉONORE.

RAYMOND.

Les voilà.

ÉLÉONORE, courant à son père et cachant sa tête dans ses bras avec embarras.

Nous vous cherchions, mon père.

PIERRE.

Ma fille, tu vas quitter la ville avec Bernard; qu'il t'épouse devant le premier prêtre de sa religion que vous rencontrerez, et qu'il te conduise en lieu sûr.

ÉLÉONORE embrassant son père.

Ah! mon père.

BERNARD.

Mon père, car vous l'êtes à présent, votre rigueur fléchit enfin.

PIERRE.

Bernard, mon fils, aviez-vous pensé que je vous haïssais?

BERNARD, embrassant sa main.

Non, croyez-le, je vous rendais mieux justice.

ÉLÉONORE.

Mais, mon père, pourquoi quitter Béziers? En ce moment, la place d'une femme est auprès de son mari, celle d'une fille auprès de son père.

PIERRE.

Ce n'est pas notre avis. Que les femmes s'en aillent, ce sont des bouches inutiles.

ÉLÉONORE.

C'est donc un ordre général.

PIERRE.

Oui. Va, obéis à ton père, à ton consul. (A part.) Qu'est-ce que je dis! (Haut.) Embrasse-moi.

ÉLÉONORE, l'embrassant, à demi-voix.

Vous ne craignez donc plus pour ma vie?

PIERRE, avec intention.

Je suis sûr que Dieu prendra la mienne plutôt.

BERNARD, à Jean.

Mais moi, mon père, puis-je partir quand le combat est près de commencer?

JEAN.

Crois-tu donc qu'il sera fini ce soir! va, tu auras le temps de montrer ta vaillance au retour.

PIERRE.

Partez, partez, la fuite à chaque instant devient plus chanceuse.

BERNARD, prenant le bras d'Éléonore.

C'est vrai. Allons, viens. (Il l'entraîne.)

JEAN l'arrêtant.

Comme tu marches vite!

BERNARD.

Mon père, ne pressiez-vous pas mon départ tout-à-l'heure?

JEAN.

C'est vrai. (Comme se parlant à lui-même.) D'ailleurs tu suis la loi de nature. Adieu donc. (Ils s'embrassent, Bernard fait quelques pas.)— Écoute, encore un mot. (Bernard s'arrête.) Bernard, souviens-toi toujours de mon amitié!

RAYMOND.

Bernard, sois implacable contre nos ennemis! Lance-leur quelque sirvente terrible qui nous venge, ce sera le prix de mes leçons et de mon amitié. Au demeurant, sois heureux!

BERNARD, revenant.

Qu'est-ce à dire? Mon père, mon ami, vous me parlez comme si nous ne devions plus nous revoir.

JEAN.

Hé non, mon ami! un jour de mariage on fait de ces recommandations solennelles. Nous ne te disons ici que ce que nous ne pourrons pas te dire là-bas, quand tu te marieras, car nous n'y serons point. Ton père est malheureux de ne pas voir un événement qu'il a tant souhaité, voilà tout.

BERNARD, avec vivacité.

Je serai ici demain soir, pour combattre à vos côtés.

RAYMOND.

Va, ne te hâte pas de revenir. Adieu. (Éléonore et Bernard sortent).

SCÈNE VI.

LES PRÉCÉDENTS, moins BERNARD et ÉLÉONORE.

JEAN.

Je l'ai vu pour la dernière fois.

PIERRE.

Seigneur, mon Dieu, exaucez ma prière!

FIN DU QUATRIÈME ACTE.

ACTE CINQUIÈME

Grande place : au fond, la cathédrale de Béziers, des soldats rangés devant les trois portes de la cathédrale. Le capitaine seul ; en avant Jean seul au milieu de la place ; il se promène à grands pas. On voit des femmes et des vieillards se glisser derrière les soldats et entrer dans la cathédrale.

SCÈNE PREMIÈRE.

JEAN, LE CAPITAINE.

LE CAPITAINE, s'avançant vers Jean.

Vos ordres ?

JEAN.

Attendez encore. Tout dépend de la diversion que le consul Pierre et le chevalier Raymond tentent en ce moment. Je ne suis pas moins inquiet que vous. Qu'est-ce que ce corps qui a été rejeté dans la ville ? que cet autre qui s'est mal à propos porté à son secours ? et cette mêlée, cette confusion qui s'en est suivie ? Pierre et Raymond sont-ils là ou ailleurs ? Nous n'en savons rien ; toutes les nouvelles que je reçois sont vagues et obscures.

LE CAPITAINE.

Je pourrais envoyer...

JEAN.

Un homme ou deux seulement ; il n'y a déjà que trop de monde à cette porte, puisque les combattants s'empêchent les uns les autres.

LE CAPITAINE.

C'est inutile, les voici.

SCÈNE II.

Les Précédents, PIERRE, le bras en écharpe, RAYMOND.

JEAN s'avance vivement vers Pierre.

Eh bien ?

PIERRE.

Vaincus.

JEAN.

Blessé ?

PIERRE.

Oh ! légèrement.

LE CAPITAINE.

Monsieur, à quelle porte dois-je me rendre ?

PIERRE.

Il n'y a plus de portes, les croisés sont dans la ville.

JEAN, à demi-voix.

Alors, nous sommes perdus.

PIERRE, avec sang-froid.

Parfaitement. Les croisés, après nous avoir repoussés,
sont entrés avec nous dans la grand'rue. Là, comme on a
dû vous le dire, un corps de troupes qui s'est avancé pour
nous soutenir n'a fait que paralyser notre retraite. Cependant, après des pertes énormes, j'ai pu me retirer derrière
les troupes de secours, mais en les perçant, en les mettant
en désordre. Quand elles se sont trouvées devant l'ennemi,
elles étaient déjà à moitié débandées. Je les ai vues reculer
lentement et en disputant le terrain pied à pied, mais enfin
elles reculent.

JEAN, au capitaine.

Prenez tous vos hommes et portez-vous à l'angle de la
rue. Arrêtez les fuyards, rangez-les autour de vous, ne
cédez pas la place, mourez. Il me faut une heure pour réu-

nir dans la cathédrale les femmes, les vieillards et les enfants. (Le capitaine fait faire des mouvements à sa troupe.)

PIERRE.

A quoi bon ?

JEAN.

Vous le saurez tout à l'heure.

RAYMOND.

Il vous faut une heure, dites-vous. Je vous la garantis. Je rejoins le capitaine. (Il fait quelques pas vers la troupe.)

JEAN.

Raymond !

RAYMOND.

Quoi?

JEAN.

Voulez-vous me permettre de vous embrasser ?

RAYMOND, souriant.

Volontiers. Mais est-ce que nous avons encore des corps ? Je pensais que nous n'étions plus déjà que des âmes immortelles. (Ils s'embrassent.) Les amoureux vont vite. Les nôtres doivent être loin.

JEAN.

Je me reprocherais de songer à eux en ce moment. (Appelant le capitaine.) Attendez, donnez-moi un homme. (Le capitaine fait signe à un soldat, qui sort des rangs, et s'approche du consul. — Jean regarde défiler les troupes, qui le saluent de l'épée, en silence.)

SCÈNE III.

JEAN, PIERRE, LE SOLDAT.

LE SOLDAT.

Que faut-il faire, monsieur?

JEAN.

Monter au clocher, et sonner, sonner toujours.

LE SOLDAT.

Comment sonnerai-je, monsieur ?

JEAN.

Je ne t'entends point. Que veux-tu dire?

LE SOLDAT.

Oui, quelle sonnerie? Comment sonnerai-je enfin?

JEAN.

Comme pour les morts, naturellement. (Le soldat sort.)

SCÈNE IV.

JEAN, PIERRE, au milieu de la place, DEUX FEMMES.

PREMIÈRE FEMME.

La ville est prise.

DEUXIÈME FEMME.

Nous sommes perdus!

PREMIÈRE FEMME, à Jean, en pleurant.

Ah! seigneur, qu'allons-nous devenir?

JEAN.

Femmes, si vous voulez périr sûrement, vous n'avez qu'à crier. Les prières, les plaintes, ne sont bonnes qu'à irriter la furie des soldats.

PREMIÈRE FEMME, plus doucement.

Que faire, mon bon seigneur? Sauvez-moi!.Oh! je vous en supplie, sauvez-moi!

JEAN.

Je vais l'essayer. Allez à l'église, et priez en silence.

PREMIÈRE FEMME, en s'en allant, à la seconde.

Je te détestais, mon amie; ah! comme je t'aimerai, si je vis.

(Elles entrent dans l'église.)

SCÈNE V.

LES PRÉCÉDENTS, DEUX FEMMES.

UNE VIEILLE DAME, appuyée sur le bras de sa bonne.

Marthe, pourquoi m'appelles-tu toujours madame? Il n'y a plus de madame; nous sommes tous égaux, à présent.

MARTHE.

Moi, j'ai presque pas peur. J'étais si pauvre !

LA DAME.

Étais-tu donc assez malheureuse pour ne pas aimer la vie? Ah ! si je l'avais su.

MARTHE.

Maintenant, c'est trop tard. Mais je vous en sais gré tout de même. (Elles entrent dans l'église.)

SCÈNE VI.

LES PRÉCÉDENTS, UNE JEUNE FEMME.

JEUNE FEMME, portant un enfant.

Monsieur, monsieur, sauvez mon petit, ça m'est égal de mourir, pourvu qu'il vive !

JEAN.

J'y ferai ce que je pourrai.

LA FEMME, pleurant.

Vous devez pouvoir. Vous êtes notre consul, vous avez pris la charge de défendre mon enfant, comme ceux des autres. Moi, je n'y puis rien, je m'en remets sur vous. (Elle se dirige vers l'église.)

JEAN.

Oh ! Dieu tout puissant ! je m'en remets sur toi.

SCENE VII.

PIERRE, JEAN.

JEAN, à Pierre.

Vous le voyez, suivant l'ordre que j'ai donné, les femmes et les vieillards se rassemblent dans la cathédrale.

PIERRE.

Qu'espérez-vous de cette mesure?

JEAN.

S'il reste une chance de les sauver, c'est celle-là; que ces barbares, qui viennent au nom du Christ, nous trouvent réunis autour de l'autel du Christ! Quant à moi, je les attendrai seul, devant la porte ; je leur présenterai un visage assuré. Ils entendront quelques paroles d'homme.

PIÉRRE.

Ils vous tueront sans vous écouter.

JEAN.

Je crois à l'ascendant du courage. N'avez-vous jamais fait cette observation? On hésite à frapper un homme imperturbable.

PIERRE.

Je reste avec vous.

JEAN.

Non, mon ami, vous êtes hérétique, vous. On n'aurait qu'à vous reconnaître.

PIERRE.

Vous avez raison, et je puis être utile là (Montrant l'église.) pour maintenir l'ordre. Adieu. (Ils se serrent la main, Pierre fait quelques pas et revient.) Oh! Jean, pourquoi n'as-tu pas été d'avis qu'on nous livrât? C'était le salut de Béziers !

JEAN.

Je ne le regrette pas... et dans un instant, quand je verrai l'épée levée sur ma tête, je ne le regretterai pas... et quand je tomberai, en exhalant mon dernier souffle, je ne le regretterai pas. Au prix où l'on nous met la vie, j'appelle, j'embrasse la mort. Ce que je demande à Dieu, à cette heure suprême, ce n'est pas un salut impossible; c'est qu'il envoie à mes frères l'esprit de dévouement et de sacrifice ; que chacun d'eux consente à sa mort, sachant ce qu'il fait, et qu'il vaut mieux être ici dans cette ville où l'on meurt, que là-bas, dans la sécurité de ce camp, où l'on vit pour tuer. Au reste, j'en appelle à Dieu de ses défenseurs.

SCÈNE VIII.

LES PRÉCÉDENTS, UN SOLDAT BLESSÉ.

LE SOLDAT.

Monsieur, vous n'avez plus que peu d'instants, Raymond vient d'être tué.

JEAN.

Lui aussi avait le don du chant. Ils ont tué le rossignol.

PIERRE.

C'était un homme rare.

JEAN.

On sent la perte d'un tel homme, même dans la mort de tout un peuple. Pierre, aidez ce brave soldat à se traîner jusqu'à l'église. (Le soldat et Pierre se dirigent vers la cathédrale. Une vieille femme entre dans la place en chancelant, Jean va à sa rencontre.)

SCÈNE IX.

JEAN, UNE VIEILLE FEMME.

LA VIEILLE.

Sauvez-moi, au nom de Dieu, sauvez-moi !

JEAN, lui donnant le bras.

Prenez mon bras, ma bonne, je vous conduirai à l'église.

LA VIEILLE.

Je ne veux pas aller à l'église, je veux sortir de la ville.

JEAN, en marchant.

Impossible. Elle est cernée de toutes parts.

LA VIEILLE.

Quoi ! il n'y a pas moyen de fuir la mort. Oh ! par pitié, que je ne meure pas. Une cave, un trou : je ne veux pas mourir.

JEAN.

Tu es la Simonne, n'est-ce pas ?

LA VIEILLE.

D'où me connaissez-vous?

JEAN.

Un consul connaît tout le monde. Tu as perdu ton mari et quatre enfants?

LA VIEILLE.

Oui, il y a longtemps de cela.

JEAN.

Et c'est Jeanne Périé qui t'a recueillie, par bonté d'âme, car tu n'as rien. Je l'ai souvent admirée. Chaque jour elle te portait sur le seuil de sa porte et t'asseyait au soleil. C'est pour cela que tu vivais, et tu as peur de mourir?

LA VIEILLE.

Ne me parlez pas de mourir, je ne veux pas aller sous terre. Vous êtes mon consul, vous devez me défendre.

JEAN, regardant le ciel.

Tu as raison. Il est doux de vivre, de voir la lumière.

LA VIEILLE.

Vous me sauverez?

JEAN.

Oui, oui. Rassurez-vous, ma pauvre vieille.

LA VIEILLE.

Et comment?

JEAN.

C'est mon secret. Par quelques paroles.

LA VIEILLE.

Des paroles magiques, alors?

JEAN.

Oui, magiques. Entrez, ma bonne, et priez Dieu qu'il m'accorde son aide. (La vieille entre dans l'église. On entend plusieurs femmes crier du dedans : « Fermez les portes, fermez les portes ! »

SCÈNE X.

PIERRE, JEAN.

PIERRE, sortant de l'église.

Vous l'entendez, cette foule tremblante exige que je ferme les portes.

JEAN.

Cédez. Mais quand je verrai venir les soldats, je frapperai un coup. Ouvrez alors, ouvrez les trois portes ; que l'ennemi ne rencontre aucun obstacle ; qu'il voie que nous sommes désarmés, inoffensifs. Montrons-lui toute notre faiblesse, c'est la seule force qui nous reste.

SCÈNE XI.

(Pierre rentre. On ferme les portes.)

JEAN, seul devant l'église.

Je n'espère pas beaucoup en leur pitié... mais je compte sur leur étonnement... Sauver tout un peuple avec un peu de courage et quelques paroles de raison, (silence) ah ! ce serait beau ! (silence.) Les voilà !

SCÈNE XII.

JEAN, LES SOLDATS.

(Quelques soldats entrent ; ils s'arrêtent étonnés. Jean frappe un coup à la porte du milieu, les trois portes s'ouvrent. On voit les femmes agenouillées dans l'église.)

JEAN, s'avançant vers les soldats.

Êtes vous des hommes ?

UN SOLDAT, le frappant.

Tiens, en voilà la preuve !

JEAN, tombant.

Bernard !

PREMIER SOLDAT.

Je ne vois là-dedans que des femmes.

DEUXIÈME SOLDAT.

C'est peut-être un piége.

TROISIÈME SOLDAT.

Un piége!... lâche !

DEUXIÈME SOLDAT.

Lâche ? suis-moi donc ! (Il se précipite vers l'église, les autres le suivent. Quand le premier soldat entre dans l'église, le peuple pousse une immense clameur.)

TROISIÈME TABLEAU

SCÈNE XIII.

(Une éminence. Au fond, dans le lointain, Béziers sur une colline plus haute.

Bois à gauche.)

ÉLÉONORE, BERNARD, assis sur un tronc d'arbre.

ÉLÉONORE.

M'aimeras-tu toujours ?

BERNARD.

Quelle question ! Toujours.

ÉLÉONORE.

Et dans trente ans ? -

BERNARD.

Dans trente ans comme aujourd'hui.

ÉLÉONORE, souriant.

Mes cheveux seront gris.

BERNARD.

Qu'importe ; tu es gravée là (Frappant sa poitrine.) avec ta jeunesse et avec ta beauté. Je te verrai toujours telle que tu es à présent.

ÉLÉONORE.

Quelle folie !

BERNARD.

Non. Et la preuve, c'est que lorsque je veux te bien voir, je ferme les yeux.

ÉLÉONORE.

Parlons sérieusement. Tu aimeras en moi, ta jeunesse, tes souvenirs.

BERNARD.

Et la mère de mes enfants.

ÉLÉONORE.

Chut !

BERNARD.

Pourquoi ?

ÉLÉONORE.

Je n'aime encore que toi. (Elle se lève.)

BERNARD.

Où vas-tu ?

ÉLÉONORE.

Je suis reposée. Partons.

BERNARD.

Tu n'a plus peur ?

ÉLÉONORE.

De quoi ? de la mort ? Ah ! si fait, un peu. Mais je suis comme les enfants qui marchent dans l'obscurité. Si leur père les tient par la main, les voilà rassurés. Prends-moi par la main. (Bruit de tambours.) Ah ! j'ai peur. (Elle se presse contre Bernard.)

SCÈNE XIV.

LES PRÉCÉDENTS, UN CAPITAINE ET DES SOLDATS.

LE CAPITAINE.

Qui est là ? Qui êtes-vous ?

BERNARD.

Nous sommes des habitants de Foix. Nous retournons dans notre pays.

LE CAPITAINE.

A d'autres! Pourquoi quittez-vous Béziers en vous cachant? Avez-vous un sauf conduit?

BERNARD.

Non.

LE CAPITAINE.

Pourquoi ne vous êtes-vous pas présentés à notre général pour en avoir un ?

BERNARD.

Je ne croyais pas que ce fût nécessaire ; ma femme et moi étant catholiques.

LE CAPITAINE.

Parbleu ! je te crois bien. Tu n'as pas d'intérêt à mentir. Soldats! qu'on les attache. (Les soldats entraînent Bernard et Eléonore vers la gauche. Ils les lient chacun à un arbre. Bernard se débat.)

ÉLÉONORE.

Bernard! Bernard! tu ne me laisseras pas tuer, au moins.

LE CAPITAINE, à Bernard.

Voici monseigneur de Béziers qui arrive avec notre brave général, Simon de Montfort. Il nous dira qui tu es. Si tu m'as trompé, gare !

SCÈNE XV.

LES PRÉCÉDENTS, SOLDATS, SIMON, L'ÉVÊQUE.

(Tambours et trompettes. Des soldats défilent sur la scène. Ils se rangent à gauche derrière les prisonniers. Simon et l'Evêque entrent à cheval.)

SIMON, à l'Evêque.

Ici, nous sommes en vue. Les courriers ne peuvent pas s'égarer en nous cherchant.

LE CAPITAINE, à l'Evêque.

Monseigneur, voici un homme qui dit être de Foix, et qui

sans doute est de Béziers. Venez, je vous prie, le reconnaître.
(L'Evêque s'approche de Bernard; il le regarde en silence)

SIMON.

Eh bien ! monseigneur ?

L'ÉVÊQUE, après un moment de silence.

Je ne connais pas cet homme. (A part.) Seigneur, pardonnez-moi ce mensonge. (Il retourne auprès de Simon.)

LE CAPITAINE, à Simon.

Faut-il les délivrer ?

SIMON, d'un air préoccupé.

C'est inutile. Il sera toujours temps. Je ne comprends rien
aux mouvements de l'avant-garde. Voyez, monseigneur,
déjà plusieurs milliers de soldats ont disparu derrière ce pli
de terrain. Y a-t-il là une vallée profonde qui puisse les recevoir et les cacher ?

L'ÉVÊQUE.

Non. Il faut qu'ils soient entrés dans la ville.

SIMON.

Que dites-vous là? C'est impossible, on n'emporte pas
d'un premier assaut une ville comme Béziers. C'est fort
étonnant. (On entend la cloche de Béziers.)

L'ÉVÊQUE.

Ecoutez ces sons lugubres. Il se passe à coup sûr quelque
chose de terrible dans Béziers.

SCÈNE XVI.

LES PRÉCÉDENTS, UN SOLDAT. La cloche continue de se faire
entendre.

LE SOLDAT, les vêtements en désordre, l'épée nue.

Le général ? où est le général ?

LE CAPITAINE, montrant Simon.

Le voilà.

SIMON.

Qu'est-ce? qu'y a-t-il?

LE SOLDAT.

Victoire! monseigneur! victoire! La ville est prise... ou presque prise!

SIMON.

Comment cela?

LE SOLDAT, d'une voix rapide et saccadée.

Comment? Oh! bien simplement. Nous nous étions approchés à la portée du trait, quand les mécréants ont fait une sortie et sont tombés sur nous. Ah! ma foi, ils frappent pour tout de bon; mais nous frappons mieux encore. Ils cèdent; nous les suivons jusqu'à leur porte, toujours battant. Ils entrent, nous entrons avec eux, pêle et mêle. Nous voilà dans une grande rue; un renfort venait à leur secours, des gens pesamment armés. Des charrettes coupaient la rue pour la défense; elles l'empêchent. Les deux troupes se nuisent, se gênent, remplissent tout l'espace, s'étouffent, les uns voulant se retirer, les autres avancer; ils se poussent, s'écrasent. Quels cris! Ah! monseigneur, c'est alors qu'il aurait fallu nous voir travailler! Nous attaquons cette masse à coups d'épées, piques et haches. Comme on fouillait avec l'épée dans le tas! jamais on n'a tué si commodément, si gaiement. Mais l'épée n'y fait rien; les morts serrés restent debout. On prend la hache et on démolit. Ah! monseigneur, quand nous les avons eu éclaircis, quand ils ont pu fuir, ils se sont précipités et nous après... ou plutôt les autres; moi, on m'a envoyé ici raconter la chose. Monseigneur, faites-moi donner un verre de vin, je meurs de soif. (Un soldat lui tend sa gourde. Il boit.) J'ai tué de ma main, ou peu s'en faut, un grand coquin en robe longue, un consul.

BERNARD et ÉLÉONORE, à la fois

Mon père!

LE CAPITAINE, levant son épée.

Ah! scélérat, c'était ton père.

BERNARD.

Oui, c'était mon père! frappe, barbare!

LE CAPITAINE, le frappant.

Meurs donc!

ÉLÉONORE, se débattant.

Bernard! Bernard! (D'une voix plus faible.) Bernard!

L'ÉVÊQUE, poussant son cheval sur le capitaine.

Misérable! (Le capitaine reste immobile et le regarde fièrement. L'évêque lui lance un geste de malédiction. Se retournant vers Simon.) Seigneur, punissez l'assassin.

SIMON DE MONFORT.

Pourquoi? il a accompli la loi de cette guerre : pas de prisonniers. D'ailleurs, c'est un bon soldat.

SCÈNE XVII.

LES PRÉCÉDENTS, UN SECOND MESSAGER.

LE DEUXIÈME MESSAGER.

Le général?

SIMON DE MONTFORT.

C'est moi.

LE DEUXIÈME MESSAGER, d'un air effrayé.

Seigneur, on ne se bat plus qu'à l'entrée de la grande place. Là, un jeune homme, avec quelques soldats, repousse nos assauts furieux. Pardonnez-moi, jamais je n'ai rien vu de si beau. Dans le reste de la ville ce n'est qu'un massacre. En bas, en haut, dans les rues, sur les toits, on fuit et on poursuit. Celui qui échappe ici est frappé quelques pas plus loin. On force les maisons, on les pille; on jette les hommes par les fenêtres; seigneur, je les ai vus tomber et rebondir sur le pavé comme des sacs. Et du sang! du sang! c'est incroyable que le sang puisse former de véritables ruisseaux!

ÉLÉONORE, faiblement.

Oh! fermez-moi les oreilles, où tuez-moi.

L'ÉVÊQUE à haute voix et en se frappant la poitrine.

Mea culpa, mea, Domine, culpa.

SIMON DE MONTFORT.

Que faites-vous ?

L'ÉVÊQUE, avec un soupir.

Et moi aussi j'étais de Béziers.

SIMON DE MONTFORT.

Je vous dirai ce que Moïse dit aux lévites : Vous avez
consacré vos mains au Seigneur, en tuant votre fils et votre
frère, afin que la bénédiction de Dieu vous fût donnée.

L'ÉVÊQUE.

Hélas ! hélas ! *mea culpa, mea culpa.*

LES SOLDATS ENTRE EUX. La cloche cesse de sonner.

La cloche !

Elle a cessé.

Bonsoir les sonneurs!

Voyez! voyez! voyez!

C'est le feu.

Oui, oui.

Et là.

Ici encore. Le feu est en plus de vingt endroits à présent.

SIMON, avec inquiétude.

Qu'est-ce que cela ?

SCÈNE XVIII.

LES PRÉCÉDENTS, UN OFFICIER.

SIMON à l'officier.

Hé bien ! monsieur, sont-ce nos ennemis ou nos soldats
qui ont allumé l'incendie?

L'OFFICIER d'une voix sourde.

Ce sont nos soldats, monseigneur ; quelques pillards, en

se battant pour le butin, ont mis le feu par mégarde.
D'autres, en le voyant de loin, ont cru que c'était par votre
ordre. Ils ne se sont que trop hâtés d'obéir. Cependant nous
forcions l'entrée de la grande place, et nos soldats se pré-
cipitaient vers la cathédrale. Là, une foule d'enfants, de
femmes et de vieillards étaient entassés. En nous apercevant
ils s'efforcent de fuir dans cet espace trop étroit. Quand un
des soldats a frappé le premier coup sur cette foule inoffen-
sive et donné le signal du meurtre, je ne vous dirai pas quel
cri s'est élevé; je l'ai encore dans les oreilles. Je suis sorti;
je n'ai pu voir la fin, mais je sais que tout a été mas-
sacré. En venant ici, je n'ai pas rencontré un être vivant, et
j'ai traversé toute la ville; elle paraît immense. Maintenant
nos soldats reculent devant les flammes qui ne connaissent
ni vaincus, ni vainqueurs. Demain, on cherchera la place où
fut-Béziers.

SIMON DE MONTFORT.

Vous tremblez, monsieur ?

L'OFFICIER, relevant la tête.

Ce n'est pas de peur. Mais on n'a jamais vu sous le ciel
un événement si grand ni si terrible.

LES SOLDATS.

Regardez !

Voyez !

Le clocher de l'église...

Il penche.

Il croule.

As-tu entendu ?

On l'a entendu jusqu'ici.

C'est que le vent vient de ce côté.

ÉLÉONORE.

Oh ! faites-moi mourir, je vous en supplie, par pitié,
tuez-moi, je suis hérétique, tuez-moi par bonté.

UN SOLDAT la perçant.

Tiens, en voilà de la bonté.

L'ÉVÊQUE.

Consummatum est. (Il pleure en silence.)

SIMON DE MONTFORT descend de cheval et s'agenouille au milieu du théâtre.

Louons Dieu !

FIN.

www.ingramcontent.com/pod-product-compliance
Lightning Source LLC
Chambersburg PA
CBHW070808260626
47161CB00006B/2207